JOÃO MELO
O PERIGO AMARELO
E OUTROS CONTOS

O Perigo Amarelo e outros contos

Copyright © 2023 Faria e Silva.

Faria e Silva é uma empresa do Grupo Editorial Alta Books (STARLIN ALTA EDITORA E CONSULTORIA LTDA).

Copyright © 2023 by João Melo.

ISBN: 978-65-81275-59-4

Impresso no Brasil — 1ª Edição, 2023 — Edição revisada conforme o Acordo Ortográfico da Língua Portuguesa de 2009.

Dados Internacionais de Catalogação na Publicação (CIP) de acordo com ISBD

M528p   Melo, João
           O Perigo Amarelo / João Melo. - Rio de Janeiro : Alta Books, 2023.
           128 p.; 13,7cm x 21cm.

           ISBN: 978-65-81275-59-4

           1. Literatura angolana. I. Título.

2023-1595   CDD 896
                                     CDU 821.(679)

Elaborado por Odilio Hilario Moreira Junior - CRB-8/9949

Índice para catálogo sistemático:
1. Literatura africana 896
2. Literatura angolana 821.(679)

Todos os direitos estão reservados e protegidos por Lei. Nenhuma parte deste livro, sem autorização prévia por escrito da editora, poderá ser reproduzida ou transmitida.

A violação dos Direitos Autorais é crime estabelecido na Lei nº 9.610/98 e com punição de acordo com o artigo 184 do Código Penal.

O conteúdo desta obra fora formulado exclusivamente pelo(s) autor(es).

Marcas Registradas: Todos os termos mencionados e reconhecidos como Marca Registrada e/ou Comercial são de responsabilidade de seus proprietários. A editora informa não estar associada a nenhum produto e/ou fornecedor apresentado no livro.

Material de apoio e erratas: Se parte integrante da obra e/ou por real necessidade, no site da editora o leitor encontrará os materiais de apoio (download), errata e/ou quaisquer outros conteúdos aplicáveis à obra. Acesse o site www.altabooks.com.br e procure pelo título do livro desejado para ter acesso ao conteúdo..

Suporte Técnico: A obra é comercializada na forma em que está, sem direito a suporte técnico ou orientação pessoal/exclusiva ao leitor.

A editora não se responsabiliza pela manutenção, atualização e idioma dos sites, programas, materiais complementares ou similares referidos pelos autores nesta obra.

Faria e Silva é uma Editora do Grupo Editorial Alta Books

Produção Editorial: Grupo Editorial Alta Books
Diretor Editorial: Anderson Vieira
Editor da Obra: Rodrigo Faria e Silva
Vendas Governamentais: Cristiane Mutüs
Gerência Comercial: Claudio Lima
Gerência Marketing: Andréa Guatiello

Assistente Editorial: Milena Soares
Revisão: Alessandro Thomé; Wendy Campos
Diagramação: Alice Sampaio
Capa e Projeto Gráfico: Marcelli Ferreira

Rua Viúva Cláudio, 291 — Bairro Industrial do Jacaré
CEP: 20.970-031 — Rio de Janeiro (RJ)
Tels.: (21) 3278-8069 / 3278-8419
www.altabooks.com.br — altabooks@altabooks.com.br
Ouvidoria: ouvidoria@altabooks.com.br

Editora **afiliada à:**

JOÃO MELO
O PERIGO AMARELO

E OUTROS CONTOS

Rio de Janeiro, 2023

Sumário

Nota do autor	VI
Prefácio	VIII
O perigo amarelo	13
O país está desgovernado	29
Uma pequena saga ministerial	49
Uma mulher séria	63
O torcicolo	81
O angolano que não gostava do verbo malhar	99
Uma combinação espúria	115

NOTA DO AUTOR

Os contos deste livro, com exceção do último, fazem parte de um título publicado em Portugal pela editora Caminho em 2020: *O dia em que Charles Bossangwa chegou à América*. Esse é também o nome do último conto do referido livro. Por se afastar dos restantes contos do mesmo, quer temática, quer formalmente, decidi, para efeitos das edições angolana e brasileira, suprimir o referido conto, substituindo-o por outro ("Uma combinação espúria"), e mudar a designação da atual coletânea para *O perigo amarelo*. Todas as estórias deste novo título foram revistas, pelo que, com a publicação do presente volume, deverão ser consideradas apenas as versões nele incluídas. O conto "Uma combinação espúria", que encerra a presente seleção, é publicado pela primeira vez neste livro. A terminar, informe-se os leitores que este livro está redigido conforme o Acordo Ortográfico da Língua Portuguesa de 1990, respeitando-se, por outro lado, o léxico e a sintaxe angolana.

PREFÁCIO

Os contos de João Melo têm sido meu objeto de estudo, e também de meus alunos, nas últimas duas décadas. O interesse em torno dos autores africanos de língua portuguesa cresce cada vez mais no Brasil, e a obra de João Melo é uma das mais provocadoras e responsáveis por esse crescimento, despertando diversos trabalhos e estudos nos meios acadêmicos. As pesquisas não só voltam-se para a presença da ironia e do humor, mas envolvem a mestiçagem, o erotismo, as inovações na linguagem e os aspectos filosóficos de sua obra.

A cada novo livro de contos desse autor, recebemos uma grata surpresa. Já no primeiro, *Imitação de Sartre e Simone de Beauvoir* (1999), o escritor mostrou-nos sua veia irônica, ao navegar, com plena desenvoltura, pelo universo do riso sutil e inteligente. Sua maestria nos recursos da paródia, da ironia e do humor se revelou, com força, desde o início, apresentando-nos um painel dos mais ácidos e críticos das relações estabelecidas entre os homens e as mulheres na sociedade luandense.

Filhos da pátria (2001) brindou-nos com mais um retrato extremamente arguto da sociedade angolana, descortinando-nos o ápice das frustrações e impasses ocorridos no país. Traçava-se aí um diagnóstico dos comportamentos sociais e, simultaneamente, desenhava-se um mapa dos caminhos e descaminhos do pós-colonialismo em Angola.

Em *The serial killer e outros contos risíveis ou talvez não* (2004), a ironia joão-meloniana continuou a imperar de forma cada vez mais intensa e refinada, confirmando o domínio do autor nessa estratégia.

O dia em que o Pato Donald comeu pela primeira vez a Margarida (2006) se diferenciou das suas obras ficcionais anteriores, pelo olhar de profundo conhecimento e interesse em torno da literatura contemporânea. Nesse texto, o autor flerta com o pós-modernismo, desconstruindo algumas de suas estratégias e recursos, sempre na clave da ironia.

Em *O homem que não tira o palito da boca* (2009), Melo parece fazer um balanço de toda a sua produção ficcional até aquele momento, e o que constatamos, em primeiro lugar, é a maturidade e a sensibilidade de um escritor capaz de se espraiar pelos mais diversos temas, estilos e estratégias.

Com *Os marginais* (2013), somos impactados por uma escrita desencantada. Se o marginal, por definição, é aquele que está alienado da sociedade, incapaz de integrar-se a ela, em função de um processo de exclusão que o alija do contexto social, os marginais de João Melo parecem ter optado conscientemente pela marginalização. Ou melhor, diante das circunstâncias de frustração dos sonhos, em diversos níveis, na vida de cada um, terminam por se excluir e evidenciam seu mal-estar em várias situações. Desde os aspectos políticos até as questões mais íntimas, os projetos se chocam com o *status quo*. *Os marginais* terminam, assim, por se mostrar, ironicamente, os mais lúcidos, uma vez que não se conformam com o achatamento dos seus projetos e sonhos.

O conto é um gênero privilegiado no continente africano. Se, normalmente, considera-se que o conto literário nasceu na Europa, no século xiv, podemos dizer que é especialmente na África que ele se desenvolve como uma forma narrativa madura, pujante e largamente cultivada, evidenciando um diálogo fecundo com as formas tradicionais da oralidade. Verifica-se, assim, o hibridismo e a força do gênero, pois, ainda que autor africano imprima no conto contemporâneo diversas influências, dificilmente recusa a sua herança oral.

Enfim, não tenho dúvidas de que João Melo é um mestre do conto. Os seus contos impactam-nos, já nas primeiras linhas, com uma escrita irônica e cortante, mas não há espaço para hesitações; somos seduzidos e capturados desde o início. O trabalho sofisticado de João Melo faz valer, com todas as letras, a célebre frase de Tolstoi: "Canta a tua aldeia e serás universal."

Maria Teresa Salgado
Professora da Faculdade de Letras da Universidade
Federal do Rio de Janeiro

O PERIGO AMARELO

13

D. Filismina não conhecia ninguém na Casa Branca, no Palácio de Buckingham, no Eliseu ou na chancelaria alemã. Contudo, partilhava da mesma inquietação que, ultimamente, tirava o sono aos principais líderes mundiais: o perigo amarelo voltou. Antes que os vigilantes dos bons costumes me cancelem (ou, quem sabe, algo pior), apresso-me a explicar que uso esta expressão — "perigo amarelo" — não direi inadvertidamente, mas com o declarado propósito de a ridicularizar ou, no mínimo, tornar evidente a sua completa inutilidade face às novas dinâmicas globais, quaisquer que elas sejam. É para isso, entre outras coisas, que serve o humor, o qual, contudo, parece estar nos dias que correm em sério risco de vida, devido ao impositivo crescimento da interpretação literal e do pensamento único. A *boutade* segundo a qual "humor é coisa séria", atribuída a tantos autores, parece estar a voltar-se contra ela própria. Por isso, talvez seja imperioso fazer uma sugestão aos leitores: sempre que se cruzarem com tal expressão, imaginem-na, se não amordaçada, pelo menos relativizada entre duas aspas, ou seja, "perigo amarelo".

Para quem não a conhece, D. Filismina é uma angolana entre os 50 e os 60 anos, mãe de três filhos, dois matulões de 15 e 17 anos que se dedicavam à pequena criminalidade urbana, como o roubo de celulares, fios de ouro (verdadeiros ou falsos) e carteiras, e uma jovem de 19 anos que nunca mais casava, pelo que, por enquanto, a ajudava no precário negócio doméstico de venda de cerveja e gasosa com que a família sobrevivia, entre as maravilhas do capitalismo que subitamente tinham chegado ao país depois dos anos 1990, mas às quais nenhum deles tinha acesso, embora não perdessem a esperança de, um dia qualquer, o conseguirem, a bem ou a mal. Afinal, eles conheciam alguns bem-aventurados que antigamente moravam com eles ali mesmo no bairro e que, de um dia para o outro, deixaram de ser pobres como eles, transfigurando-se completamente, ninguém sabia como. Não apenas D. Filismina, mas todos aqueles que tinham continuado no mesmo bairro onde tinham vivido desde que se conheciam, ou seja, que não se tinham transfigurado, alimentavam secretas e torpes suspeitas acerca do processo de transformação radical sofrido pelos referidos bem-aventurados, mas nenhuma delas poderia ser usada em tribunal. Por isso, a literatura também deve omiti-las, para manter a estabilidade da nação.

Igualmente, o autor não perderá tempo a descrever em todos os detalhes a transfiguração de alguns — previsivelmente raros, como já terão intuído — dos antigos vizinhos de D. Filismina. Na verdade, só poderia fazê-lo recorrendo a lugares comuns, o que certos leitores detestam. De qualquer forma, e como, segundo se diz (quem sou eu para duvidar?), os leitores também participam no processo de escrita, sintam-se livres para caracterizar tal mudança de acordo com a vossa imaginação, os vossos próprios critérios ou a vossa eventual má vontade. Pela minha parte, acrescento unicamente que D. Filismina não gostava desses bem-aventurados. Aliás, tal expressão é minha. Ela usava outros epítetos mais corrosivos, que não menciono por impossibilidade prática de esgotar a lista. Sem exagerar no estratagema, eis, por isso, outra tarefa que lhes deixo: fazer uma lista completa de todos os impropérios usados por D. Filismina, não só em Kimbundu ou em português, suas duas línguas, mas em todas as outras que eventualmente sejam do domínio de cada um dos leitores. Isso acontecia sobretudo quando ela via alguns desses seus antigos vizinhos, ora transformados em outros seres completamente diferentes, na televisão. Quando olhava para aquelas figuras anafadas, cabelo com brilhantina, óculos modernos, sorriso esticado, como se tivessem uma mola de roupa puxando cada canto da boca sombria, avantajada circunferência abdominal, gravata e lencinho a condizer (eu disse que não usaria lugares-comuns, mas a verdade é que não resisto a esse mesquinho recurso), D. Filismina começava a desfiar o seu catálogo de insultos em Kimbundu e português com tal veemência que parecia prestes a desfalecer. De fato, tal só não sucedia para a narrativa não perder a credibilidade.

Para bem da saúde de D. Filismina, ela não via com frequência esses seus antigos vizinhos. Mesmo na televisão, os mesmos apareciam cada vez menos, certamente devido (pensava ela, que tinha estudado pouco, mas não era burra) a um temor obscuro qualquer. Uma premonição, talvez. Seja como for, D. Filismina preocupava-se cada vez menos com eles. Alguns dirão que isso se deve ao fato de os angolanos já se terem completamente acomodado aos históricos sofrimentos, espoliações e abusos de que foram e continuam a ser vítimas, antigamente por parte de alienígenas desembarcados um dia, sem qualquer notícia prévia, nas suas praias indefesas e, presentemente, por indígenas nascidos dos ventres inocentes das suas próprias mães, as quais, diga-se de passagem, eram um dos alvos prediletos dos vitupérios lançados por D. Filismina, com razão ou sem ela. Daí a apatia generalizada de que nem ela escapava, apesar de ter aprendido desde cedo a enfrentar a vida sozinha e de jamais ter tolerado abusos. Que o dissessem, por exemplo, os pais dos seus três filhos, que ela despachou com um pontapé no cu (a expressão é dela) assim que tentaram arranjar uma segunda mulher. A verdade, porém, é que os seus antigos vizinhos praticamente já não lhe diziam nada. Estariam os angolanos a ser derrotados pelo cansaço? Sois livres de pensar como quiserdes, mas não sejam injustos com D. Filismina. Ela podia-se estar a cagar cada vez mais para os seus vizinhos que se tinham transformado nuns figurões de merda, mas, ao contrário de certos intelectuais (ex)revolucionários, não se tinha acomodado porra nenhuma.

(Pausa: sim, reconheço que na precedente oração estamos, sem qualquer sombra de dúvida, perante um caso de excesso de palavrões numa frase só, o que é profundamente lamentável, mas antes que os novos moralistas, que nos últimos anos estão a cercar-nos por todos os lados, como cazumbis seráficos e irrevogáveis, para não apodá-los liminarmente de fascistas, me acusem de qualquer crime extraordinário, como, por exemplo, "uso de linguagem desproporcional", apresso-me a jurar que essas eram outras expressões que se libertavam com frequência da boca de D. Filismina, pelo que não posso, hipocritamente, escamoteá--las. Adiante, pois.)

De fato, D. Filismina não era de acomodar-se, em especial quando alguém ou alguma coisa tentava mexer com o seu espaço. Apenas para dar um exemplo, em 1975, ano da independência de Angola, tinha ela apenas 20 anos, não hesitou em ingressar nas FAPLA para combater os sul-africanos e os zairenses que tinham invadido o país. Mas assim que os filhos da puta (*sic*) dos boers e dos zairenses foram expulsos de Angola e, apesar disso, a guerra continuou, ela começou a ficar cada vez mais incomodada, sem saber porquê, até que foi desmobilizada para cuidar da mãe, que não tinha mais ninguém no mundo (uma mentira que ela inventou para conseguir sair das forças armadas). Isso fora há tanto tempo, que, cada vez que tinha de repetir essa história, D. Filismina perdia-se sempre em algum detalhe, mais ou menos comprometedor, mas, felizmente para a sua reputação, ninguém reparava nisso. O que é verdade mesmo, repito, é que ela, apesar de nunca ter ouvido falar em "espaço vital" e de possuir nulos conhecimentos de geopolítica, não gostava de sentir o seu território ameaçado. Por isso, agora, estava preocupada com uma maka grossa: o perigo amarelo.

Isso é um assunto muito sério. Portanto, prefiro que seja D. Filismina a falar pela sua própria boca:

— *De onde é que estão a vir estes chineses todos, porra?! Os gajos estão em todo o lado!... De repente, só assustamos, um monte de chineses estão a nos cumprimentar de vizinho, vizinho... Vizinho como, então?! Quem é que lhes autorizou mesmo a morar no nosso bairro, que, além dos seus habitantes originários, que sempre viveram aqui, desde antes da dipanda, só tinha, até agora, regressados, deslocados e uns tugas que sobraram das confusões de 75? Depois começaram a aparecer uns malianos, senegaleses, etíopes, mas em pouco tempo deixaram de ser estranhos, viraram todos caluandas, como nós... Mas, chineses?!*

Não sei se entendem a fala um tanto caótica de D. Filismina. Por essas e por outras é que uma reputada (sem trocadilhos) professora portuguesa acusou os escritores angolanos de não saberem escrever. Ainda bem que não sou escritor. Sou incapaz, por isso, de traduzir as palavras de D. Filismina, embora, confesso, seja tentado a manifestar uma certa compaixão em relação a ela. O melhor é deixá-la continuar:

— *Uma pessoa olha na esquerda, um chinês. Olha na direita, dois chineses. Os madiês estão em todo o lado. O meu filho disse-me que eles são bilhões... Porra! E nós, que, segundo o Manguxi, somos apenas milhões, vamos fazer mais como?... O nosso bairro está cada vez mais cheio de chineses. É vê-los nas obras, mas não só... Alguns agora também são zungueiros, andam pelas ruas a vender tudo: recargas para os telefones celulares, livros escolares, máquinas nespresso, peças para viaturas, cerveja, gasosa, gelo, saquinhos de uísque... Mas quem é que lhes autorizou? Quem lhes deu o visto? Algum sacana dos meus antigos vizinhos, esses que agora só lhes vejo na televisão, terá alguma coisa com isso? Se calhar...*

Ignoro, evidentemente, se o secretário de Estado americano utiliza essa linguagem castiça quando discute este momentoso assunto com os seus pares do mundo livre. Mas gostaria de estar lá para saber que cara ele faria se soubesse que os chineses andam a vender saquinhos de uísque nas ruas de Luanda. Que eu saiba, ele e os seus colegas só estão preocupados com os investimentos chineses em África. No fim do século passado, África era considerada o continente perdido. Presentemente, contudo, vários países africanos começaram a investir massivamente em infraestruturas, o que, em pouco mais de dez anos, mudou a face de alguns deles e, mais importante do que isso, trouxe novamente a esperança ao coração dos seus filhos, pelo menos (não sejamos ufanistas) a alguns deles, talvez os que, até agora, mais beneficiaram com essas transformações. Mas não exijam que eu elabore mais o que acabei de afirmar. Mais uma vez, deixo o resto do comentário à sagacidade dos leitores. Essa é uma das alegadas vantagens de controlar (pelo menos aparentemente) o discurso: poder dizer ou não dizer o que se quer, quando e como se quer, com a vã pretensão (ou presunção, como queiram) de manipular os receptores, palavra que provém da mesma raiz de receptáculo, o que não deixa de ser perturbador.

Desconheço também se os líderes do mundo livre sofrerão de eventuais angústias semânticas, pelo menos quando estão só entre eles. Mas sei, com absoluta certeza, pois os próprios oráculos ao seu serviço o revelam de forma estranhamente insistente e metódica, que eles não dormem tranquilos desde que a China começou a construir nas nações africanas certas extravagâncias a que as suas pobres gentes não estavam habituadas, como estradas, pontes, portos, aeroportos, escolas, hospitais, habitações e outras minudências destinadas, em princípio, a povos com outro pedigree. A agravar esse estado de alma, não faltam provocadores que de vez em quando recordam que o Ocidente, além de ter colonizado o continente africano, levado a sua população para terras longínquas, explorado as suas riquezas até ao limite e, não satisfeito, ter promovido divisões e guerras fratricidas entre os seus ignaros filhos, esqueceu-se da sua própria promessa de ajudá-lo a reconstruir-se. A pergunta de um milhão de dólares é, portanto, a seguinte: como pode o autoproclamado Ocidente começar a xingular ao assistir, no complexo dealbar do século XXI, à entrada da China em África? Na verdade, pensaria D. Filismina, se fosse tão irresponsável como o narrador, tiveram masé bué de sorte. Com efeito, esse acontecimento já poderia ter ocorrido no século XV, se o Imperador Ming não tivesse ordenado o fim das grandes navegações chinesas iniciadas em 1421 pelo almirante eunuco (simples detalhe literário, eventualmente interessante para a estória, mas sem nada a ver com o mérito ou credibilidade da História) Zheng He, o qual, estando ao serviço do Imperador Zhu Di, foi o primeiro a alcançar o Cabo da Boa Esperança. Essa teoria — assinale-se — não parece ser "propaganda comunista", pois o comunismo já acabou, mas não faltará quem se sinta profundamente incomodado com a hipótese, do mesmo modo que tem ataques de uma qualquer doença desconhecida por causa dos investimentos chineses no continente africano.

D. Filismina, além de não querer nada com politiquices e de não conhecer nenhum eunuco (pelo menos que ela soubesse), jurava que também nunca havia sido apresentada nem ao Imperador Zhu Di nem ao Imperador Ming. O único muata que ela conhecia era o Zedu, mas mesmo assim só de vê-lo de vez em quando na TPA. Por isso, repetia a mesma pergunta com frequência:

— Mas esses chineses de merda estão a sair aonde, mesmo?!

Se ela tivesse pelo menos alguns conhecimentos históricos acerca do período contemporâneo, não precisaria de recuar até à extraordinária descoberta da mitológica passagem entre a África e a Ásia pela marinha chinesa, antes, por conseguinte, dos navegadores portugueses. Poderia, simplesmente, atribuir a culpa pela emergência do perigo amarelo ao presidente Nixon, o qual, embora tenha comprovadamente visitado Pequim, não aprendeu como se fazem escutas ilegais sem deixar rasto, tendo-se, por isso, estrepado todo com a maka do Watergate. D. Filismina, no entanto, não apenas desconhecia esses escabrosos fait--divers, como, e ao contrário das promessas que tinha feito a si própria, não conseguia esquecer-se dos seus antigos vizinhos. Para ela, a verdade era clara como a água:

— *Algum daqueles cabrões é que deve estar a importar estes chineses todos para bumbarem nas suas obras!... Os gajos controlam tudo, só eles mesmo é que podem mandar vir todos estes madiês, sem visto, sem nada...*

De fato, D. Filismina ficava especialmente fodida da cabeça (já sabem que essa expressão só pode sair da boca dela) quando, andando pelas ruas empoeiradas de Luanda, reparava nos operários chineses abrindo buracos, erguendo edifícios, pendurados nos andaimes, passando cimento ou pintando paredes. Estavam em todo o lado.

— *Se algum dia eu precisar de pintar a minha casa, não quero lá nenhum chinês! Com esses olhos rasgados, a pintura só pode sair toda borrada...*

À medida que o tempo passava, D. Filismina ia ficando mais consciente do novo perigo amarelo e, por conseguinte, mais imprevisível. Tinha razões de sobra para isso. Recentemente, por exemplo, um dos seus filhos mostrou-lhe um vídeo que circulava na internet e em que um chinês estava a dançar kizomba como um verdadeiro mangolê. Quando viu essa pouca-vergonha, convocou todos os seus espíritos, mas, para a sua desgraça ser completa, nenhum lhe deu ouvidos. O tal vídeo tornou-se viral. Ela não conhecia essa palavra, mas sentiu na carne os seus efeitos corrosivos. De fato, toda a gente que ela conhecia começou a falar-lhe no chinês que morava em Viana e dançava kizomba. Sempre que alguém lhe contava essa estória, ela sentia-se cada vez mais exasperada e confusa, embora não conseguisse explicar com clareza os sintomas que experimentava com insuportável nitidez, de tal maneira que reagia sempre com uma série de impropérios, qual deles o mais impublicável. Por isso, começou a correr no bairro o mujimbo segundo o qual D. Filismina estava a ficar avariada da cabeça "através dos chineses". Estimada professora portuguesa que acha, com toda a razão, que os escritores angolanos não sabem escrever: na nossa versão da lusitana língua, o advérbio "através", ao contrário do que esforçadamente nos ensinou, não significa "por intermédio de", mas, sim, "por causa de" ou "devido a". Sugiro, pois, que não tente corrigir os amigos de D. Filismina, pois eles não têm culpa das malhas que o ex-Império teceu. São suas vítimas tardias, pelo que só apanharam os estilhaços.

Seja como for, D. Filismina estava imune, felizmente, a essas discussões pós-coloniais. A sua obsessão era o perigo amarelo. Outra estória que lhe deixava cacimbada (se preferir, senhora professora, pode usar "transtornada") era a do célebre pedido de casamento em que, da lista de obrigações formulada pelos parentes da noiva aos parentes do noivo, e além dos habituais panos do Congo para a tribo de tias e avós, dos fatos para o pai, os tios e os irmãos mais velhos, de cem mil kwanzas em notas novas, de vinte grades de cerveja, dez de gasosa e cinco garrafões de vinho, do champanhe francês para o primo que trabalhava no gabinete do Chefe, constava igualmente, disfarçada entre os demais imperativos, uma inocente e cândida solicitação: uma equipa de chineses para acabar o muro do tio Pedrito!

Sim, por uma questão de *benchmarking* literário, eu deveria suprimir este ponto de exclamação, como o faria qualquer um dos frios, translúcidos e andróginos escritores atuais, que escrevem sobre realidades vagas e inidentificáveis e inventam personagens insossas, aparentemente para todos os gostos, tipo pronto-a-vestir, mas o que fazer se

D. Filismina, quando soube desse fato ignóbil (o pedido de uma equipa de chineses para concluir a construção do muro da casa do tio Pedrito), reagiu com veemência:

— Até pedreiros, caralho?! *Então agora para levantar uma parede ou um muro é preciso importar chineses? Ora, bolas, "uma equipa de chineses para acabar o muro do tio Pedrito..." Porra! E o buelo do noivo casou-se mesmo assim?*

Pessoalmente, não sei. Como também não sou grande adepto da literatura investigativa, não perderei tempo a tentar descobri-lo. Talvez isso sirva para outra estória, pois, como se sabe, o problema das estórias é começá-las. Não cederei, porém, à tentação. O que quero é despachar a estória da D. Filismina, antes que ela me arranje makas político-diplomáticas.

O tempo ia passando e D. Filismina estava cada vez deprimida. Embora não soubesse bem definir aquela estranha sensação que experimentava desde a hora em que acordava até à hora em que ia dormir ("sinto a cabeça choca", dizia), a causa desse mal-estar era, para ela, perfeitamente clara e inquestionável: o perigo amarelo. Por isso, todas as noites D. Filismina dormia com vontade de (palavras dela) matar todos os madiês de cor pálida e olhos rasgados que se cruzassem com ela no dia seguinte, fossem eles chineses, coreanos, vietnamitas ou simplesmente kamussekeles. Mas, ao mesmo tempo, sentia-se cada vez com menos forças para levar adiante tal resolução. Os pensamentos de D. Filismina eram, obviamente, injustificáveis e inaceitáveis, mas, se eu não os reproduzir, como poderão os leitores ficar a conhecer plenamente a minha personagem? Além disso, isto é apenas uma estória. É verdade que alguns autores mais autoconvencidos juram que a literatura suplanta muitas vezes a chamada realidade, mas D. Filismina, felizmente, não conhece nenhum deles.

Para azar dela, os líderes do mundo livre também não sabiam o que fazer. O presidente americano tinha de aturar um bando de lunáticos republicanos que o acusavam de ser "indonésio". O francês François Hollande deixara-se apanhar a sair, de madrugada, do apartamento da amante (erro crasso e elementar que, por exemplo, um angolano de gema jamais cometeria), pelo que estava sem moral para nada (literalmente, acrescentava, maliciosa, D. Filismina). O primeiro ministro britânico, perdido no meio do *fog* londrino, não sabia qual o melhor caminho para a Escócia, se a União Europeia era para a direita ou para a esquerda e, sobretudo, quem era o homem nu que foi visto a descer por uma corda de um dos andares superiores do Palácio de Buckingham no dia 27 de fevereiro de 2015. A chanceler alemã estava cada vez mais grega, por causa do Syriza. D. Filismina, tal como a maioria dos homens e das mulheres do nosso tempo, não tinha dúvidas: não se fazem mais líderes como antigamente; por isso, a política é cada vez mais indigente. Quando pensava nisso, ela tinha vontade de lançar aos céus todos os impropérios possíveis, em todas as línguas existentes, desaparecidas ou por inventar.

Os vizinhos dela também já não lhe ligavam mais quando ela começava a falar mal dos chineses. "Deixa lá, vizinha", diziam eles, no princípio. "Pelo menos eles falam conosco, moram mesmo aqui no bairro... Não se lembra dos russos? Não falavam com ninguém, nem bom dia, nem boa tarde, iam à praia em períodos esquisitos (por exemplo, aos dias de semana, em pleno horário de trabalho), não faziam qualquer esforço para aprender pelos menos umas palavras em português..." Perante a insistência de D. Filismina em blasfemar cada vez mais contra o perigo amarelo, começaram a muxoxar entre eles: "A mais-velha parece que está a ficar maluca..." Aos poucos, foram-se afastando dela. Primeiro deixaram de bater no seu portão para pedir um pouco de sal ou de jindungo, depois passaram a evitá-la na rua, dando meia-volta quando a viam aproximar-se ou, se necessário, não hesitando em mudar de passeio, até que se desligaram completamente da "velhota uassaluca", como lhe passaram a chamar.

D. Filismina estava totalmente só na sua peleja simbólica e quixotesca contra o perigo amarelo. O pior, entretanto, estava para acontecer. Um dia qualquer, sem ela prever, Mingota, a filha de 19 anos que lhe ajudava no negócio da venda de gasosa e cerveja à porta de casa, estava a bater o funje acocorada na porta da cozinha, quando começou a verter águas. D. Filismina não queria acreditar.

— *Porra!, que merda é esta?! Afinal estás grávida?!*, não resistiu ao impulso de gritar, apesar de saber que a situação prescindia daqueles questionamentos, pois a filha ia parir nos próximos minutos e era preciso acudi-la com urgência. Só teve tempo de acrescentar:

— *Depois você vais me dizer quem foi o filho da puta, ouviste?...*

Mas a resposta de Mingota, dita num exíguo fio de voz ("M-ã-e..."), enquanto os olhos e o rosto se contraíam de dor, eram um claro pedido de socorro. Por isso, D. Filismina deixou-se de interrogatórios inúteis e agiu com presteza. Ela sabia que já não havia tempo para chamar um candongueiro a fim de levar Mingota ao hospital e que também não podia contar com nenhuma vizinha, pois todas a tinham abandonado, acusando-a de ser avariada da cabeça. Felizmente, tinha feito um curso de parteira tradicional, profissão que só deve existir em Angola, onde as tradições são levadas a sério, e que, por isso, não quero questionar. Assim, e recordando-se das técnicas aprendidas nesse curso, arrastou a filha para dentro de casa, deitou-a numa esteira e, até hoje não sabe como, conseguiu libertar das escuras entranhas de Mingota um ser extraordinário, coberto de sangue e outros líquidos, que desatou imediatamente num berreiro que a avó considerou impertinente e provocador. Depois de, com um golpe decidido, ter cortado o cordão umbilical que o unia à "puta" da sua própria filha (como lhe chamava mentalmente, pois não conseguia esquecer, apesar de tudo, que a mesma lhe escondera a gravidez durante exatos nove meses, até àquele dia fatídico), D. Filismina mergulhou o neto numa bacia com água morna, para lavá-lo e apreciá-lo mais acuradamente. Tanta firmeza parecia premonitória.

Mingota assistia a tudo atônita e exultante, com um ar de felicidade atordoada, como, diga-se, acontece com todas as mulheres, quando passam pela complexa e enigmática experiência do parto.

De súbito, D. Filismina deu um pulo, com o recém-nascido nos braços, e foi aos saltos para o quintal, erguendo-o acima da sua cabeça embranquecida pelo tempo e movimentando-o em todas as direções, enquanto gritava, verdadeiramente enlouquecida:

— *Aiué!, aiué!... Porra!, Ngana Nzambi!, porra!... Que mal fiz eu? Que mal fiz eu, Ngana Nzambi?... Um mulato chinês! Um mulato chinês!... A puta da minha filha deu-me um chilato! Um chilato, porra!... Que mal fiz eu? Que mal fiz eu?*

O PAÍS ESTÁ DESGOVERNADO

29

30

Jorge Kalupeteka era um cidadão comum e deliberadamente despreocupado. Um dia, porém, estava ele numa roda de amigos, os quais, como era seu hábito reiterado, mas inútil, falavam mal do governo, da oposição e também daqueles que, com ar de pretensa superioridade moral pairando sobre a mornez histórica do tempo, como diria o poeta, se autodesignavam "independentes", quando decidiu surpreendê-los. Em regra, Kalupeteka jamais abria a boca se o assunto tivesse alguma coisa a ver com política, por mais rarefeitas e inócuas que fossem as relações, as alusões ou mesmo as invenções criativas em que alguns dos seus amigos eram especialistas. Refiro-me a certos exageros que alguns deles contavam com irrevogável convicção, como se possuidores de bombásticas informações internas fornecidas por fontes altamente colocadas, mas que ele, graças ao seu bom senso de cidadão comum, do qual, diga-se, não pensava abdicar, por mais que o acusassem de ser "ingênuo" (acusação gravíssima nos tempos atuais, em que somos todos forçados a pactuar com a uniformização global em curso), concluía rapidamente que se tratavam unicamente de especulações puras. Alguns desses exageros eram autênticas pérolas de criatividade e bom humor, o que para ele, que não gostava de makas, compensava a profunda irresponsabilidade que era, na sua opinião, repeti-las publicamente, como verdades incontestáveis. Jorge Kalupeteka limitava-se a ouvir tudo, calado no seu canto, guardando ciosamente dentro dele os seus diferentes sentimentos: incômodo, negação, oposição, indiferença ou, no caso das tais "invenções criativas", boa disposição contida. Por causa de todos esses antecedentes, os amigos não estavam preparados para ouvir a sentença que, aparentemente grave (é o que saberemos até ao fim desta estória), saiu da boca dele:

— *O país está mesmo desgovernado!*

Na verdade, quem está preparado para escutar uma acusação, uma constatação ou uma calúnia (decidam os leitores) como essa? Ninguém. Além disso, e ao contrário do que espalham os recorrentes conspiradores externos, fazendo jus à sua política de dois pesos e duas medidas, quando se trata de avaliar os povos desfavorecidos pela História, isso não acontece apenas entre nós. Até na Conchichina o mesmo sucede, ou seja, nenhum conchichinês admite que lhe digam que o seu país, que ele julgava tão especial, afinal está a desconseguir. Suspeito que os próprios inimigos internos do governo, no fundo, também sofrem com essa evidência ou, no mínimo, possibilidade. É que, se o país estiver de fato desgovernado, quem é que eles vão xingar até à raiz mais profunda — vou dizê-lo, pois, na vida real, já os ouvi rogar essa praga escatológica muitas vezes — da puta que o pariu? Quanto aos adeptos e defensores do regime, desvalorizam *ab limine,* por ser uma impossibilidade natural, a afirmação acabada de fazer por Jorge Kalupeteka, com o intuito, como já o disse, de surpreender pela primeira vez os seus amigos e, talvez, ocorre-me agora, de criar problemas ao narrador.

Antes de prosseguir e explicar por que razão Jorge Kalupeteka considera que o país está desgovernado, preciso, pois, de resolver um problema existencial crucial: devo atacar ou defender o governo? Devo atacá-lo, mas também defendê-lo, consoante as situações? Devo tentar entendê-lo, enquadrando os seus atos e colocando-os numa perspetiva histórica, cultural, sociológica ou qualquer outra? Devo conceder-lhe, eventualmente, o benefício da dúvida, seja ela qual for? Posso, mesmo, dar-lhe uma mãozinha, se em jogo estiverem valores fundamentais e situações de vida ou morte? Respondam os leitores. A maka, na verdade, é que os tempos não estão para raciocínios complexos e sofisticados. O populismo, seja ele simplório ou pretensamente intelectualizado, cresce em todo o lado, como uma hidra sombria. Para a turba, é pão, pão, queijo, queijo. Eu devia, por conseguinte, seguir o conselho de um escritor especializado em assuntos antigovernamentais que em tempos sentenciou, num dos seus artigos contundentes, que a literatura política é uma merda. Acontece que ele próprio usa a literatura (e também a televisão portuguesa) para ajustes de contas regulares com o regime, o que poderia ser considerado uma contradição por alguns espíritos ultrapassados (talvez alguns marxistas serôdios), mas é perfeitamente legítimo, pois estamos atualmente submetidos, pelo menos nos países subalternos, ou seja, aqueles que não têm a capacidade de ditar os rumos da globalização dominante, limitando-se a sofrer os seus efeitos, a uma espécie de fascismo *soft*, que considera democrático atacar o governo, mas não defendê-lo. Ideologia única, política única, modelo económico único, cultura única, discurso único — eis o que tende a definir o mundo em que vivemos. O que fazer, se a malta parece satisfeita?

Jorge Kalupeteka tinha muita dificuldade em entender essas contradições e, em particular, essa tendência difusa (ou nem tanto) para impor uma versão única do mundo e da própria existência. Era por isso que, quando os amigos resolviam misturar copos com politiquices, se calava sempre, passando a agir como um espetador desinteressado, uma vez que nem neutral poderia tentar ser, sob pena de ser rotulado de bajulador do regime. A princípio, isso deixava-o triste, mas depois percebeu que os amigos mudavam de tom à velocidade de quem clica repetidamente uma tecla de computador ou muda o comando da TV, isto é, de maneira compulsória e quase irresponsável, pelo que deixou de preocupar-se. Caminhará o mundo para a inconsequência total?, perguntava-se ele, às vezes, mas depois deixou-se disso. Preferia, então, viajar até cenários e períodos mais felizes e seguros, que eu, como não os conheço, não posso, contudo, reproduzir. O que estou em condições de acrescentar é que lá, pelo menos, Jorge Kalupeteka se sentia mais despreocupado, não por causa da inexistência de problemas, mas por saber como os enfrentaria, caso eles se materializassem. Assim, enquanto os amigos falavam mal do governo, da oposição e dos autodeclarados independentes, ele concentrava-se no único assunto que o fazia realmente sentir vivo: mulheres.

Sim, Jorge Kalupeteka era um mulherengo. Esse é outro assunto delicado nos dias de hoje. Provavelmente, portanto, será melhor não revelar nenhum episódio e muito menos contar qualquer detalhe, por mais inocente que possa parecer à primeira vista, acerca da intrínseca, visceral e obsessiva relação entre ele e as mulheres com quem se cruzou na vida, de fato ou somente em sonhos (esclareço: não estou a dizer que todos os mulherengos são sonhadores, no sentido benigno do termo; talvez não passem de frustrados e infelizes...), não vão os leitores confundir personagem, narrador e autor, colocando-me em maus lençóis. A última coisa que quero é estar a passear o cachorro nas ruas de Amsterdão e ser interpelado por um grupo de leitores recém-chegados de Accra, acusando-me de defender um mulherengo e ameaçando-me com as câmaras dos seus celulares e os seus microfones ocultos. Ainda hoje me recordo do que aconteceu ao Chico (Buarque, claro) nas ruas do Leblon (um bairro parisiense em plenos trópicos), onde foi atacado por um bando de jovens democratas unilaterais, ou ao dentista Walter Palmer, americano de Minneapolis, que matou o leão Cecil no Zimbabwe. Ainda bem que vivemos na época da globalização. Graças à ela, podemos perseguir os fariseus em todo o lado. Tenho, pois, de acautelar-me.

A obsessão de Jorge Kalupeteka pelas mulheres era motivo de troça ocasional por parte dos seus amigos.

— *Porra!, parece que tens o caralho na testa...* — diziam-lhe com frequência, entre um caso e outro narrado por Jorge a propósito das suas conquistas amorosas, verdadeiras ou fictícias.

Apesar da sua brutalidade, esses comentários, na realidade, eram benfazejos. Todos eles se divertiam com aquelas estórias. Eu queria ocultar esse outro fato sórdido, pois já basta escolher um porco mulherengo para personagem, mas os amigos de Jorge Kalupeteka não escondiam o que eram: machistas assumidos e sem vergonha. Por isso, divertiam-se genuinamente com os casos contados pelo amigo. Como já o disse, não vou revelar nenhum desses casos, por causa do mal-estar global que isso poderia criar ou, pelo menos, para não questionar o complexo de superioridade moral do Ocidente. Mas, se o quiserdes, podeis imaginar cinco ou seis energúmenos sentados à volta de uma mesa repleta de garrafas de cerveja, pratos com petiscos que não podem ser descritos a um leitor islandês e um cinzeiro repleto de beatas, os olhos criminosamente esbugalhados deixando perceber uma espécie de malícia sombria e as bocas escancaradas em gargalhadas despudoradas, rindo-se alarvemente das canalhices sexuais cometidas por Jorge Kalupeteka ou que ele se vangloriava de ter cometido, o que, como eu resolvi não as reproduzir, nunca saberemos se é verdade ou não. Tal visão, embora não esclarecesse nada acerca do tipo de canalhices relatadas por Kalupeteka aos seus amigos, daria, no mínimo, uma cena de filme.

Jorge era conhecido pelo número de mulheres que tivera ao longo da sua vida (ele tinha cinquenta e poucos anos). No caso dele, o melhor era mudar o tempo verbal e dizer "tinha", pois, por vezes, era difícil saber se algum dos seus relacionamentos já terminara ou ainda prosseguia, oculto, discreto ou travestido, isto é, com nova embalagem (*"Agora somos apenas bons amigos..."*, dizia ele desses seus relacionamentos ambíguos e suspeitos, sabendo que ninguém acreditaria nisso). Quando, acidentalmente, tivesse alguma crise de honestidade, confessava:

— Não gosto de fechar portas!... Prefiro deixá-las sempre entreabertas...

Com efeito, ele estava sempre a entrar, a sair e a voltar a entrar, descarada ou furtivamente, de diferentes portas. Era, ou melhor, pensava ser flexível e criativo nos relacionamentos que mantinha. Chegou a casar com algumas das mulheres que tiveram o azar de se cruzar com ele, assim como a morar com outras, por vezes simultaneamente, mas com a maioria apenas namorou, teve casos ou encontros únicos, alguns inesquecíveis, outros nem tanto (menciono estes últimos para não amputar o currículo dele, pois, como me orgulho profunda e sinceramente, procuro ser justo com toda a gente, incluindo canalhas e outras espécies mais execráveis, cuja categoria omito, uma vez que as respetivas progenitoras não têm, em geral, culpa nenhuma disso; para mim, a realidade está longe de ser pão, pão, queijo, queijo). De igual modo, manda a verdade dizer que várias mulheres não caíram na sua lábia, informação que, espero, me há de reconciliar com a Margarida Paredes. Jorge explicava isso com modéstia (ou, se forem menos benevolentes do que eu, altiva sobranceria):

— *Nesta vida, já comi mais de mil gajas... Mas também já levei mais de mil tampas!...* — reconhecia de tempos em tempos.

Os amigos gostavam dessas estórias e estavam sempre a provocá-lo para que ele as contasse, de preferência com todos os detalhes, incluindo os mais picantes. Mas não insistam comigo: reitero mais uma vez que não vou contá-las. Se ele o quiser fazer, não terei como opor-me, mas fico desde já ilibado de toda e qualquer responsabilidade diante das atuais inquisições politicamente corretas que nos vigiam a partir de todas as perspetivas, sejam elas pós-modernas, pós-coloniais, pós-socialistas, pós-humanistas ou pós-qualquer-outra-porra. A minha responsabilidade é contar por que razão Jorge Kalupeteka afirmou que o país está desgovernado, surpreendendo os seus amigos de há longa data, que jamais haviam escutado da parte dele qualquer afirmação de teor político ou similar.

De fato, a única circunstância em que os amigos de Jorge se irritavam levemente com ele era quando resolvessem falar mal do governo, da oposição e dos independentes e ele ficava calado, como se estivesse em outra dimensão. A princípio, julgaram tratar-se de algum tipo de soberba, pois ele tinha estudado mais do que todos eles e poderia considerá-los apenas um bando de ignorantes. Apesar de isso ser altamente improvável, pois Jorge Kalupeteka nunca dera mostras, em quaisquer outras circunstâncias, de sofrer de algum tipo de complexo de superioridade, nem em relação aos seus amigos habituais nem a ninguém, a vida, por vezes reserva-nos surpresas, quase sempre, dizem as estatísticas, desagradáveis. Além disso, todos os seres humanos são contraditórios. Poderia, pois, o silêncio de Jorge, quando eles falassem de política, significar algum enfado, no mínimo, relativamente aos seus comentários?

A dúvida não chegou a transformar-se em qualquer mistério escabroso e muito menos em angústia existencial, pois ele próprio encarregou-se de esclarecê-la em tempo útil.

— Meus, desculpem lá!... *Eu não gosto de falar de política, pois, ao contrário do que dizia o Salazar, em política nem sempre o que parece é... O antigo ditador português é o verdadeiro autor dessa frase, celebrada hoje como um sintoma inquestionável da pós-modernidade: "Em política, o que parece é!" Mas, não, ele não tem razão... Não é verdade que, em política, tudo o que pareça o seja realmente!...*

Os amigos não estavam a compreender aquela conversa. Alguns, mais terra à terra, estavam mesmo a ficar agastados. O gajo estava a tratá-los como burros!, pensavam. Por isso é que se negava a falar de política com eles...

Jorge Kalupeteka pressentiu o perigo. Antes que aquela conversa descambasse para caminhos não planeados pelo narrador, fez questão de enfatizar:

— *Não pensem que estou a armar-se em esperto, não!... Simplesmente, os problemas do país são tão complexos que eu evito discuti-los assim, tipo Petro-Primeiro d'Agosto... E depois, sabem?, eu não aguento tanto os copos assim como vocês!... Portanto, para não falar à toa, prefiro ficar calado... Mas, não o duvidem, sou bom ouvinte!...* — afirmou, pesando bem as palavras.

Não é nada fácil, para mim, defender Jorge Kalupeteka. Entre outros defeitos, ele tinha uma tendência particularmente irritante em matéria de política: relativizava tudo. Se os amigos contassem que mais um grande negócio tinha sido entregue ao mesmo grupo de pessoas, ele argumentava com a história (nesse caso com agá, infelizmente, ou seja, não é ficção, mas, sim, a realidade nua e crua) da acumulação primitiva do capital. Caso eles acusassem a oposição de não ter ideias e de apenas pretender substituir o regime para fazer o mesmo que este último, perguntava, provocatoriamente, se a oposição também não era constituída por angolanos. Quanto aos independentes, que, segundo os amigos de Kalupeteka (esclareço-o para não pensarem que a opinião é minha), só falavam mal do governo, poupando inexplicavelmente a oposição, ele retorquia com a frase bíblica:

— *Perdoai-lhes, que eles não sabem o que fazem!...*

Estou inclinado a dar razão a um dos seus amigos, que um dia lhe atirou à cara:

— *És um alienado de merda! Não sei para quê que estudaste tanto... Só pensas em gajas!...*

Daí, por conseguinte, o espanto de todos os amigos de Jorge Kalupeteka, no dia em que este, aparentemente, concordou com eles:

— *O país está mesmo desgovernado!*

Finalmente, Jorge caía na real e saía de cima do muro. Mais valia tarde do que nunca. Esse era o Jorge Kalupeteka que eles conheciam desde o tempo em que queriam mudar o mundo, no século passado. Não o lograram, mas, pelo menos, hoje têm o que ensinar aos jovens de mais de 30 anos, cheios de mulheres e filhos, que acham que podem derrubar governos ateando fogo a meia dúzia de pneus e esperando em vão que as massas saiam às ruas, mas elas, ao que parece, têm mais o que fazer. A grande lição era:

— *Deixem de pensar em novas revoluções; já fizemos uma e demo-nos mal... Limitem-se a falar mal do governo e da oposição nos óbitos, nas farras, nas mesas de bar... Ah, e não poupem os independentes, pois, além de não serem carne nem peixe, ninguém percebe o que eles querem...*

Os leitores simpaticamente preocupados com o futuro da democracia no país onde esses fatos improváveis aconteceram podem ficar tranquilos: os jovens trintões, de barba rija, mulher e filhos, não cairão, pelo menos no presente relato, na conversa de meia dúzia de velhos frustrados e caducos, que, depois dos cinquenta, resolveram cuspir no prato onde comeram.

Até aquele intelectual mulherengo, inconsequente e inofensivo chamado Jorge Kalupeteka achava que o país estava desgovernado. Talvez o seu assomo de lucidez se devesse às notícias que, nos últimos dias, abalavam a cidade. Com efeito, circulavam rumores furiosos dando conta de que, finalmente, seria feita uma remodelação governamental profunda, como os cidadãos aguardavam há anos: os ministros atuais iriam, mais uma vez, trocar de pastas entre eles. O ministro de combate à pobreza, garantiam outros rumores, estava cada vez mais rico ou, pelo menos, a avaliar por certos sinais exteriores, fingia-o muito bem. Se algum provocador lhe pedisse um dia que mostrasse apenas um exemplo — unzinho só! — de alguém que o ministério tivesse tirado da pobreza, poderia, ao menos, responder:

— *Eu!*...

A realidade do país era cada vez mais fantástica e especial. Minutos antes da inesperada afirmação de Jorge Kalupeteka, os amigos tinham contado a última e sensacional notícia que corria descontrolada pela cidade. Apesar da mesma não ter ainda sido divulgada sequer nas redes sociais, tinha tudo para ser verdade. Por isso, de nada vale a minha relutância em contá-la. O partido governamental estava — o fato era insofismável — a preparar secretamente uma gigantesca manifestação de apoio à subida do preço dos combustíveis, do pão e do leite decidida semanas atrás, em pleno dia de Natal, pelos tecnocratas que, sem ninguém ter dado por isso, se haviam acaparado do poder nos últimos anos, sob o olhar silencioso dos ex-revolucionários. Devia ser por essa razão, pensaram os amigos de Kalupeteka, que este tinha perdido a paciência e, finalmente, concordava que o país, mau grado as aparências formais, estava à deriva, sem rei nem roque.

Jorge decidiu levar a surpresa até às últimas consequências.

— *Porra!, meus, a vida não é só política!...* — começou por dizer. Há coisas mais complicadas... — acrescentou, misteriosamente.

Os amigos hesitavam entre a desilusão e a curiosidade. Sem mais delongas, é melhor deixar Jorge Kalupeteka explicar tudo:

— Lembram-se daquela misse que foi eleita Diva Bumbum do ano passado? Sim, aquela boazuda... Estou a comê-la desde essa altura... Por quê que não vos contei? Meus, a gaja é a segunda mulher de um general... Sim, um general!... Apenas porque não gosto de alimentar essas historietas políticas que insistem em contar-me, querem que o tipo me mande passar a ferro? Grandes cambas me saíram... A minha relação com a gaja é ultrassecreta!... Não pode transpirar... Por isso, só nos encontramos quando é absolutamente seguro. Um bom período, por exemplo, é a hora do almoço... Quem pode imaginar que a Diva Bumbum saia do escritório onde trabalha — parece que o escritório é de uma empresa do tal general — para ir almoçar e, em vez disso, seja almoçada sem dó nem piedade, mas sempre com muito amor e carinho, pelo Jorginho Kalupeteka? Mas, mesmo assim, só "almoçamos juntos" quando o general não está no país... O gajo pode saber muito de guerra, mas de segurança pessoal, sobretudo quando mete alcovas alheias pelo meio, conheço eu!... Gosto muito do meu pescoço... Assim, combinei uma senha com a Diva Bumbum; sempre que o general viaja, ela telefona-me e diz a frase mágica...

Esquecido o mal-estar que tinham sentido minutos antes, os amigos aguardavam, em suspense. Que frase seria?

Muito simples:

— O país está desgovernado!...

Porra. Nem eu próprio sei dizer como reagiram os amigos de Jorge Kalupeteka. Por isso, deixo isso ao livre arbítrio dos leitores e passo adiante. Continuou ele, indiferente ao amigável escândalo criado pela estória do seu caso com a misse conhecida por Diva Bumbum, nome vergonhoso que, todavia, não posso deixar de usar, porque criado e imposto democraticamente pelo jornalismo cor-de-rosa, cada vez mais dominante e tentacular:

— E não é que está mesmo? *O que se passou comigo e a Diva Bumbum há uns sábados atrás confirma-o plenamente!... Tenho, pois, de dar-vos razão, cambas... No fim de semana, ia sentindo na carne, literalmente, o desgoverno em que está o país... Meus, estive quase a ser preso pela bófia, sem qualquer motivo!...*

"Quem te mandou?", perguntaram, sem contudo o verbalizar, dois ou três dos seus amigos. O gajo achava que podia comer todas as garinas, mas o general mandara dar-lhe uma lição, de certeza absoluta. Bem feito. Quem lhe mandou ridicularizar as inquietações políticas da malta?

Por estranho que pareça, o general não teve nada a ver com o que sucedeu.

— *Na sexta-feira, a gaja telefonou-me a dizer que o país estava desgovernado. Combinamos, por isso, estar juntos no sábado à noite, em minha casa* — prosseguiu Jorge Kalupeteka. *A minha mulher foi a Portugal ver os filhos e, como o terreno está livre, achei melhor ser mesmo lá em casa, pois, num hotel, há sempre a possibilidade de nos cruzarmos com algum bisbilhoteiro, talvez um camba ou um subalterno do próprio general, o que seria o fim do mundo. Como sempre, a misse foi pontual. Acho que o general não lhe trata como deve ser na cama... Ainda não tínhamos avançado para o quarto, quando ouvimos umas sirenes, seguidas de fortes batidas na porta do meu cubículo, enquanto uma série de holofotes se acendia na rua. Era a polícia. Percebi-o quando umas vozes começaram a berrar* "Abre!, Abre!, Abre a merda da porta!... Rápido!, rápido!... É a polícia!...". *A diva escondeu-se na casa de banho. Abri. Um grupo de matulões* à civil entrou na sala, derrubando tudo à frente deles, algemou-me imediatamente e obrigou-me a sentar no sofá. "O computador? O computador?", *perguntavam os resolutos agentes da ordem. Eu nunca usei essas merdices, como sabem. Nem consegui abrir a boca. O chefe do grupo dirigiu-se a mim incisivamente*: "Ouve lá, seu sacana! Quem te autorizou a dizer que o país está desgovernado? Quem mais sabe disso? Quantos é que partilharam essa informação secreta? A quem a transmitiram? Estás fodido, meu, temos a informação de que o cabecilha dessa conspiração és tu!...". *Como eu permanecia calado (na verdade, estava concentrado em fazer força para não me mijar nas calças...), levantaram-me e começaram a empurrar-me para fora da minha própria casa.* "Estás preso! Vamos lá ver se na prisão falas ou não falas...", disse o chefe dos agentes.

Deus escreve direito por linhas tortas. Jorge Kalupeteka tinha a mania de dizer que era ateu, mas ainda hoje pensa nessa frase tão vulgar e comum, quando se recorda de como se livrou da prisão naquele sábado absurdo, que, felizmente, só na literatura é possível acontecer. Quando saiu de casa algemado e levado por dois brutamontes, o cenário com que se deparou, na rua, era digno de um filme de Hollywood: vários agentes estavam em cima do muro da casa dele, estrategicamente posicionados nos quatros cantos do mesmo, um carro de água estava mesmo em frente ao portão, pronto a atuar, e, dos dois lados da rua, estava uma unidade da polícia montada, com os seus belos e garbosos cavalos (na altura, confessou ele, pareciam-lhe assustadores). Estacionados aleatoriamente à frente da casa, vários carros policiais, uns identificados, outros, não. Kalupeteka perguntava-se como era possível aquilo estar a acontecer. Apesar de não querer mais problemas com ninguém, não podia deixar de pensar que vivia mesmo num país especial.

Se tinha dúvidas, o milagre que aconteceu a seguir confirmou definitivamente essa conclusão.

Um dos agentes que tinha ficado na rua, à entrada da casa, reconheceu-o:

— Ti Jorgito! — disse o agente, incrédulo. *És mesmo você, ti Jorgito?!*

Jorge Kalupeteka olhou com atenção para o jovem recém-saído da adolescência, que parecia um lumpen, mas era, na verdade, um agente da ordem. Lembrou-se dele: era filho de um primo a quem, anos atrás, quando ainda tinha alguma influência, arranjara emprego numa importante empresa estatal. O chefe do grupo parecia confiar nele, pois disse-lhe para vigiar o detido, enquanto a equipa voltava a entrar, a fim de encontrar as provas da conspiração chefiada por Jorge Kalupeteka. Quando ficou a sós com este último, o falso lumpen perguntou-lhe:

— Em que maka então é que o ti Jorgito se meteu?

O detido explicou-lhe que o seu único crime, em toda a sua vida, era gostar muito de mulheres, mas o agente retorquiu:

— Tio, qual lá, desde quando é que isso é crime?!...

Misticamente, Jorge Kalupeteka desconfiou que aquele miúdo era um anjo que caíra do céu para salvá-lo. Contou-lhe então a estória da misse que andava a comer há uns meses, a Diva Bumbum, do general cornudo e da senha que eles tinham arranjado para se encontrarem à vontade, sem qualquer perigo. Quando acabou, o filho do primo a quem ele arranjara emprego mijava-se de tanto rir. Depois, saiu do carro, deixando o tio Jorge sozinho, pois sabia que ele não poderia fugir, mesmo que o quisesse. Foi ter com o chefe, que comandava as buscas no interior da casa do detido.

Minutos depois saiu de casa, acompanhado pelo chefe e pelos demais agentes da ordem. Todos estavam a rir-se de maneira descontrolada, soltando sonoras gargalhadas, enquanto trocavam tapas nas costas sem parar. Isso devia ser altamente contagioso, pois, de repente, todos os polícias — os que estavam no interior dos carros, na rua, em cima do muro da casa de Jorge Kalupeteka, dentro do carro de água ou em cima dos cavalos — começaram a rir de maneira idêntica. Até os cavalos da polícia montada queriam participar na farra, pois puseram-se a relinchar como se tivessem fumado diamba. Uma cena bizarra e de mau presságio, segundo pensou Kalupeteka.

Porém, tudo está bem quando termina bem. Esse é outro lugar-comum que Jorge Kalupeteka não receia mencionar. Tem plena razão. De fato, eu diria o mesmo se, estando na situação em que ele estava, prestes a ser enfiado na choça por liderar uma aparente conspiração, fosse salvo no último instante por um adolescente com ar de lumpen, mas que, na realidade, era um agente da ordem, em quem, para melhorar ainda mais as coisas, o respetivo chefe direto confiava cegamente. Por isso, este último, quando ouviu a estória de Jorge Kalupeteka e da Diva Bumbum, resolveu que o melhor era deixá-los em paz, pois, ao contrário do que haviam garantido os zelosos oficiais que se tinham dedicado nos últimos meses, com inegável afinco, a escutar os telefonemas do primeiro, não havia, naquele caso pitoresco, nenhuma matéria para acusação. Além disso, ele tinha encontrado a Diva Bumbum escondida na casa de banho do suspeito e a mesma já lhe tinha contado uma estória parecida. Por acaso, conhecia-a muito bem e sabia perfeitamente que ela era a Segunda Região de um general que, para dizer a verdade, ele não suportava, pois fora a razão da sua saída do exército e da sua transferência para aquele serviço chato de escutar as conversas alheias, com ou sem autorização. Por isso, não seria pela sua boca que ele saberia que a misse lhe estava a pôr os cornos à grande e à francesa. Essa expressão, comento rapidamente, é de uma profunda injustiça em relação às gaulesas, pois até parece que elas são as únicas que costuram para fora. Seja como for, não perderei tempo a discuti-la, pois o chefe do grupo que tinha sido enviado à casa de Jorge Kalupeteka para prendê-lo por conspiração verbal, além de não ter nada a ver com a mesma, está com pressa de acabar com aquela brincadeira e voltar para o seu cubículo.

Resta, portanto, dizer que, a seu mando, o filho do primo de Jorge Kalupeteka, a quem este ajudara a arranjar emprego, aproximou-se dele, soltou-lhe as algemas e disse-lhe, perante as gargalhadas incessantes dos demais agentes da ordem, que estavam a arrumar as suas armas e a enfiarem-se nos respetivos carros:

— *Tio, o chefe disse que foi apenas um mal-entendido. Ninguém vai prendê-lo. Pode ficar em paz...*

Antes que Jorge Kalupeteka tivesse tempo de lhe agradecer, perguntou:

— *Como é, ti Jorgito? A gaja é mesmo boa como dizem?*

Não lhe respondeu, claro.

Aliás, pensa agora, gostaria de esquecer completamente a Diva Bumbum. Apagá-la do seu currículo. Tirá-la da fotografia. Eliminá-la da história da humanidade.

É que, naquele sábado fatídico, ocorreram certos acontecimentos adicionais, que ele só contou aos amigos mais chegados, por causa das notórias implicações políticas dos fatos em questão.

É verdade que a razão que ele invocava para, finalmente, depois de anos a fingir-se de independente, concordar que o país estava desgovernado, como eles há muito diziam, não era, para dizer o mínimo, a mesma em que eles baseavam a sua inútil acusação. As consequências do seu caso com a Diva Bumbum, no entanto, eram tão legítimas para justificar essa afirmação como as suas queixas contra a falta de água ou de luz, o trânsito na cidade ou a corrupção, que todos criticavam, mas que já se transformara numa espécie de desporto nacional (todos ou quase todos a praticavam). Por isso, ouviram com profunda atenção, até ao fim, a descrição de Jorge Kalupeteka sobre a experiência que ele e a misse tinham vivido no sábado em causa.

Eles eram os únicos amigos íntimos que ele tinha, isto é, aqueles em quem poderia confiar em absoluto. Assistia-lhes, por conseguinte, o direito de saber:

— E a Diva Bumbum?

Jorge Kalupeteka mal conseguiu responder. Até hoje não consigo decidir se o que sucedeu o deixou aliviado ou, então, peremptoriamente convicto de que o país está mesmo desgovernado.

— *Deixou-me, a gaja! Naquele dia já não quis malhar, dizendo que estava psicologicamente abalada, e fez-me chamar um radiotáxi para levá-la de volta para casa. Desde esse dia, deixou de responder aos meus telefonemas, mesmo quando o país está desgovernado...* — disse ele.

UMA PEQUENA SAGA MINISTERIAL

49

50

Quando ele entrou na sala, ninguém o reconheceu. Não sei se isso é ou não é de bom augúrio, mas acontece. Os tempos que correm estão muito confusos e já ninguém respeita ninguém. Os cidadãos deixaram de confiar quer no governo quer na oposição. Ninguém lê mais o *Jornal de Angola* e, pelo menos aparentemente, toda a gente passou, de repente, a acreditar nos mujimbos, nas intrigas, nos xingamentos e na linguagem despudorada veiculada pelas chamadas redes sociais. Agora — pasme-se — até jovens imberbes atrevem-se a exigir nas ruas a demissão do presidente, esquecendo-se que, em África, chefe é chefe e os mais velhos são sagrados. Tão sagrados, que devem ser grafados com maiúsculas: Mais Velhos. É o que dizem as nossas legítimas e profundas tradições.

Em tempos assim, tão nebulosos, intrincados e indefinidos, como deve um ministro comportar-se? Ele pôs essa pergunta a si mesmo logo depois que o secretário do presidente o chamou para informá-lo que, finalmente, iria ser nomeado ministro. O advérbio que acabo de utilizar não é um mero recurso estilístico, mas uma exigência intrínseca da narrativa. De facto, ele tinha sido vice-ministro daquela mesma pasta durante tanto tempo que, por isso, já nem se recordava com exatidão do número de anos que tivera de amargar vendo uma série de ministros entrando e saindo, sem ninguém olhar para o lado e reparar que ele estava ali, pronto e disponível para assumir aquele posto que cobiçava (eu aposto que ele usava, por certo, um verbo menos culpabilizante, mas confesso que estou sem vontade de lhe fazer fretes) praticamente desde que se conhecia como gente. Cambada de incompetentes! Essa expressão feroz e sanguínea, costumava ele dirigir, então, não apenas aos sucessivos ministros que passaram pela pasta em questão, mas também àqueles que tinham a responsabilidade de aconselhar o presidente a escolher os seus colaboradores.

Antes de continuar, devo dizer que omitirei a designação precisa daquela pasta, não por ter recebido qualquer ameaça das autoridades, direta ou indireta (para desgosto, talvez, das lídimas organizações internacionais genuinamente empenhadas em implantar a democracia nas nossas cabeças duras, nem que seja com canhões e drones), ou então por ter qualquer tabu de origem tradicional e desconhecida, vulgo kijila, mas apenas por se tratar de um detalhe sem qualquer importância factual, uma vez que o dilema do ministro seria o mesmo qualquer que fosse a pasta que lhe fosse atribuída. Não preciso igualmente de acrescentar que o verbo "dirigir" foi usado no parágrafo anterior em sentido figurativo, pois, na verdade, ele falava apenas para si próprio. Aliás, nem falava, pensava somente. Afinal, ele sabia perfeitamente que as paredes têm ouvidos.

Mas há uma afirmação que fiz atrás e que — essa, sim — merece uma explicação. O ministro, disse eu, ambicionava esse cargo fundamental (passe o exagero) desde que se conhecia como gente. Embora acintosa, reconheço, essa sentença é a mais pura das verdades. A opinião pública não o sabe, mas, quando chegou a casa depois do encontro com o secretário do presidente, no dia em que este lhe anunciou que ele iria ser nomeado ministro, o, digamos assim, futuro ex-vice-ministro (era uma questão de horas, segundo lhe assegurara o secretário do presidente...) confessou à mulher que sempre sonhara ser ministro e que só não partilhara com ela essa legítima (o adjetivo é dele) aspiração para não trazer azar. Na verdade, acrescentou, como que aliviado de um qualquer peso inominável que lhe tivesse sobrecarregado a alma até àquele momento verdadeiramente libertador, nunca tinha pensado em ser outra coisa senão ministro. Mesmo quando ainda criança, jamais tinha desejado ser bombeiro, motorista de camião e muito menos tocador de tumbas, como o seu amigo de infância Marito dos Tambores, que crescera com ele no Bairro Marçal, mas que ele deixou de cumprimentar desde que tinha ido para o governo, ainda como vice-ministro. Sim, era verdade, ele sempre quisera ser ministro desde que se conhecia como gente. Aquele dia, portanto, estava em vias de se tornar um dia verdadeiramente histórico, afirmou ele, sem uma ponta de pudor. Só precisavam de aguardar pelo noticiário da televisão para confirmá-lo.

Não é todos os dias que uma personagem coincide com o narrador. Como sabem melhor do que eu, este é traído muitas vezes pelas suas próprias personagens, que evitam os caminhos originalmente desenhados para elas, rejeitam certas palavras e mesmo frases inteiras que o narrador pretende pôr-lhes na boca e, no limite, se recusam a aceitar o destino que este último julga, presunçosamente, ser o mais justo e apropriado para elas. Algumas, mais rebeldes, não aceitam inclusive os nomes que o mesmo, a muito custo, logra atribuir-lhes. Eu deveria, por conseguinte, estar grato ao ministro, por corroborar a minha afirmação de que ele queria ser nomeado para esse tão honroso cargo (com ou sem ironia, como preferirem) desde que se conhecia como gente. A maka é que eu desconfio que, por detrás dessa confissão, se escondia uma realidade mais desprezível, pelo menos semanticamente: o que ele queria dizer, para ser mais exato, é que ele só se sentiria realmente gente quando fosse nomeado ministro. Como nunca tive medo de lugares-comuns, confesso que, quando penso nisso, sou acometido, vou dizê-lo com todas as letras, por uma vontade insuportável de puni-lo de maneira exemplar (que me desculpem os críticos que odeiam a linguagem pragmática, pois não me ocorre agora outra construção, talvez mais rarefeita e oblíqua, mas não sei se, de facto, mais literária, para exprimir o que pretendo dizer). "Quem fala verdade não merece castigo", dirão alguns leitores mais tolerantes, alguns dos quais talvez conheçam o ministro em questão e, portanto, achem que têm para com ele um qualquer dever de compaixão. Contudo, pela parte que me cabe, não hesito em afirmar, mesmo que me acusem em praça pública de ser um perigoso antitradicionalista, que esse é o ditado mais irrealista e cínico que existe em qualquer língua. A experiência humana demonstra que a verdade tem sido muito mais motivo de punição do que a mentira ou a omissão.

Assinalo, a propósito, que há um estranho paralelismo entre os leitores eticamente mais tolerantes e compassivos (anódinos, diria eu, se quisesse rotulá-los) e os críticos que dizem odiar a linguagem pragmática. Por isso, espalham estes por todos os meios possíveis, entre o *blasé* e o arrogante: a literatura não serve para dar sermões e muito menos lições de moral. Ou seja, para eles, a literatura não passa de uma tautologia. Eu sei perfeitamente que essas seráficas figuras apenas empunham a bandeira da neutralidade constitutiva da literatura quando isso convém aos seus interesses, pelo que alguns deles, pelo menos, deverão comungar comigo a intenção expressa de castigar o ministro, não apenas pelo facto de ele ser angolano, o que, por si só, e de acordo com certas entidades moralmente mais idôneas do que eu, é razão de punição, mas sobretudo por causa da sua obsessão *avant la lettre* pelo cargo. Realmente, como ser compassivo e tolerante com alguém que deseja ser ministro desde que se conhece como gente? Um problema, contudo, interfere na narrativa, como uma espinha na garganta ou, se fazem questão de uma imagem formalmente mais criativa, como um prego ignóbil no pneu de um carro: toda a gente, inclusive presidentes, ministros, deputados, generais, banqueiros, empreiteiros, consultores, advogados e jornalistas, isto é, os suspeitos do costume, goza do direito à presunção de inocência. Por isso, e antes de conhecer todos os factos, não sei se o ministro merece ou não ser punido. Deixemos, pois, os mesmos falarem por si.

Advirto que tais factos, mais do que aleatórios, como todos os factos, podem ser aparentemente incompreensíveis e, quiçá, caóticos. Mas é meu dever, como narrador, desvelá-los. Fá-lo-ei de maneira direta e escorreita. Assim, na noite em que a sua nomeação foi formalizada, o ministro mandou um dos filhos gravar o noticiário noturno da televisão que divulgou a respetiva notícia, guardando essa gravação até hoje num local secreto que até eu mesmo desconheço e com um propósito que igualmente ignoro (mau grado os ataques insidiosos de que tenho sido alvo, garanto que não me anima, em absoluto, a pretensão de ser um narrador omnisciente). Veremos o que acontece com essa gravação até ao final da estória. Por outro lado, e tendo sido informado de que a cerimônia de tomada de posse seria dentro de uma semana, pediu autorização para fazer uma viagem rápida a Lisboa, a fim de comprar roupa mais adequada às novas e importantes funções que, após tantos anos de sofrida e indizível espera, iria começar a desempenhar. Escuso de dizer, claro, que esse comentário adicional, embora sincero, não constava da carta que ele mandou ao secretário do presidente solicitando a referida autorização. Afinal de contas, não era estúpido. Além disso, era bastante precavido. A comprová-lo, tinha um alfaiate particular na capital portuguesa que lhe fazia os factos à medida e que ele procurou imediatamente assim que desembarcou. Precisava com extrema urgência de cinco factos, de diferentes padrões, mas todos sóbrios e discretos, como devem ser os factos ministeriais e outros atavios similares, até quinta-feira à tarde, pois regressaria a Luanda na manhã de sexta-feira. Na segunda-feira seguinte, iria ser empossado ministro e precisava de repousar e pensar na vida. Teria, sobretudo, de traçar uma estratégia sobre a sua melhor conduta depois de assumir o cargo com o qual sonhara desde que se conhecia como gente.

Felizmente, tudo correu como planeado (refiro-me à sua viagem a Lisboa e não à sua nomeação, cujas consequências ainda não posso revelar, sem antecipar o fim desta estória incrível). Na sexta à noite, o ministro regressou a Luanda com cinco novos factos feitos rigorosamente sob medida, que fez questão de levar na bagagem de mão, não fosse o diabo tecê-las e a sua mala perder-se à chegada à capital angolana ou mesmo em Lisboa, à partida, que cinco séculos de história tinham tornado os bagageiros angolanos e portugueses muito parecidos (o ministro sorriu orgulhoso, satisfeito com a sua perspicácia). Uma testemunha contaria que, ao chegar à casa, ele evitou com falsa subtileza beijar a própria mulher, olhando para ela com uma espécie de raiva cinzenta e congelada no chamado cenho, mas confesso que ainda não sei a importância desse detalhe. No sábado e domingo não saiu de casa. Esteve todo o fim de semana antes da sua tomada de posse fechado no quarto, a pensar no seu futuro comportamento ministerial.

Como já disse, o ministro não tinha nada de estúpido. Ele sabia, por isso, que pensar pode ser difícil, como alegam alguns, mas é literalmente vital. Sem exagero, uma medida bem pensada pode causar um prazer equivalente à satisfação sexual, moderada ou descontrolada, consoante a complexidade dos pensamentos de cada um. Não espanta, pois, que o ministro tenha experimentado esse sentimento ambivalente, mas estimulante, quando decidiu qual seria a sua primeira medida depois de tomar posse: mandar substituir todos os móveis do escritório do seu antecessor, apesar de terem sido adquiridos há menos de um ano, mantendo-se, portanto, no seu velho gabinete de vice-ministro, onde penara anos a fio à espera daquele momento glorioso, até à instalação do novo mobiliário. Assim que terminou a cerimónia de tomada de posse, apressou-se a chegar ao ministério e chamar o secretário geral, a quem ordenou que, no dia seguinte, fizesse uma pesquisa no mercado para adquirir novos móveis para o seu futuro gabinete; quanto aos velhos (expressão que utilizou sem qualquer remorso, mesmo sabendo que haviam sido comprados recentemente), poderia mandá-los, talvez, para o Cuando Cubango, pois o delegado do ministério nessa remota e esquecida província deveria estar a precisar deles. Para minha estranheza, o secretário-geral anotou tudo sem qualquer contração muscular, sem sentir suores frios, sem uma dor no estômago e sem vontade de começar a rir nervosamente. Era como se já aguardasse aquela ordem.

Não posso, também, escamotear outra providência inicial tomada pelo ministro, quanto mais não seja para que os leitores jamais olvidem as nossas tradições, ameaçadas, como se sabe, pelas novelas da TV Globo, pelos luso-angolanos e pelos manifestantes do Movimento Revolucionário Juvenil. Refiro-me à lavagem geral que ele mandou dar ao seu futuro gabinete, levada a cabo por uma equipa especialmente contratada para o efeito, pois tal operação, segundo me esclareceram posteriormente vários *experts* na matéria, só poderia ser realizada por agentes externos, isto é, com recurso ao *outsourcing*, para utilizar uma palavra que habitava permanentemente a boca do ministro, o qual estudara numa universidade portuguesa, mas onde todos os cursos eram ministrados na língua de Shakespeare (será que no tempo do bardo já se falava em *outsourcing*?). Tais agentes chegaram certa noite, quando todos os funcionários já tinham saído para enfrentar, com o estoicismo possível, o trânsito luandense, tentando chegar à casa mais ou menos incólumes. As raras testemunhas que assistiram, por mero acaso, à chegada da equipa de limpadores especiais apenas conseguiu descortinar uns vultos incaracterísticos, envoltos em panos e com uns chapéus enormes cobrindo as respetivas cabeças, óculos escuros (apesar do adiantado da hora, apetece-me dizer, só para chatear os leitores mais exigentes, com pretensões a literatos e que odeiam expressões vulgares), chinelos empoeirados e, nas mãos, como fantasmagóricos objetos animados no meio da noite, baldes, vassouras, bidões de água e exatamente três (os depoimentos foram rigorosos quanto a esse detalhe) fogareiros antigos, daqueles a carvão, dos quais emergiam discretas nuvens levemente acinzentadas salpicadas por breves, mas intensas chispas avermelhadas. Como é fácil deduzir, tais testemunhas, embora escassas em número, foram responsáveis pelo espantoso mujimbo que, nos dias seguintes, percorreu a cidade como fogo na anhara: o ministro pediu a um feiticeiro de Viana que, na verdade, consultava há muito tempo (desde que se conhecia como gente?) para mandar lavar e defumar o gabinete do seu antecessor, com medo que este tivesse lá deixado umas minas tradicionais.

Deixo aos leitores o trabalho de saber o que são "minas tradicionais". O que, de qualquer forma, posso corroborar, antes de terminar a narrativa, é que os factos até agora relatados estão perfeitamente enquadrados nas nossas tradições, nada tendo, por conseguinte, de extraordinário. Se decidi usar este vulgar e alegado episódio do folclore político angolano, tão inusitado e estimulante como o folclore político de qualquer outra parte do planeta (para desgosto, talvez, dos angolanos mais autoconvencidos, uma espécie que tem florescido extraordinariamente nos últimos anos e que começa a espalhar-se pelo mundo), como material pretensamente literário, isso deve-se apenas ao facto de, tal como todos os presentes, não ter reconhecido a minha própria personagem quando ela entrou na sala onde a viúva, filhos e demais familiares do seu antecessor estavam sentados em fila, a fim de receber os cumprimentos dos visitantes, devido ao súbito falecimento do anterior ministro. Tranquilizem-se, porém: não vou descrever o óbito, pois certos escritores angolanos, conhecidos pela sua verve iconoclasta, já o fizeram de maneira que eu seria, em absoluto, incapaz de imitar. De igual modo, também não vou realçar mais do que o necessário a estranha coincidência que é, ou melhor, foi o súbito e inesperado falecimento, sem causa conhecida ou pelo menos divulgada, o que permite todas as efabulações, do antecessor do ministro atual naquele tão apetecido cargo. Assim, direi apenas, mesmo correndo o risco de ser considerado um narrador simplório: coincidências são apenas coincidências. Para morrer basta estar vivo, diz, por outro lado, um ditado popular, que felizmente é propício a todos os tipos de uso e estratégias, incluindo aquela que, em conjunto com a curiosidade e a temeridade, tem possibilitado a sobrevivência da espécie humana desde há milênios: a cautela. No meu caso, ficarei apenas com esta última. Não acusarei, por conseguinte, o atual ministro pela má sorte do seu antecessor. Desconheço a opinião dos leitores a respeito do que vou dizer a seguir, mas no meu caso, pelo menos, levo muito a sério um certo ditado sobre a existência de bruxas ou não.

Seja como for, os factos falam por si. A verdade é que ninguém reconheceu o ministro quando ele entrou no óbito do seu antigo chefe e antecessor no cargo. De facto, ele já estava no cargo há seis meses, o que é tempo suficiente, pelo menos em Angola, para se ter transformado radicalmente. Que o diga o seu grande camba de infância, Marito dos Tambores, que ele deixou de cumprimentar assim que tomou posse... Naquele período, também já mandara vir de Lisboa mais cinco factos feitos à medida, completando assim uma dezena, que ele usava de segunda a sexta-feira (um no período da manhã e outro à tarde). Aos fins de semana, só andava de facto de treino, excepto aos sábados à noite, quando ia à discoteca com a catorzinha com quem começou a andar pouco tempo depois de, tomadas as devidas e já descritas precauções, ter ocupado o gabinete ministerial: nessas ocasiões, exibia-se garbosamente de camisola Lacoste, jeans da Wranglers e sapatos Hermès ou alguma outra marca de vestuário "esporte fino" (ele dizia não gostar dos brasileiros, mas "adorava", segundo as suas próprias palavras, essa expressão). Outra evidência da sua completa transformação desde que, após tanto esperar, fora nomeado ministro eram os carros novos com que passou a circular nas ruas da cidade, sem demonstrar a mínima inquietação com o estado calamitoso das mesmas e, consequentemente, com a durabilidade de tais máquinas. Na realidade, era uma autêntica frota de carros, qual deles o mais moderno e cujas marcas só não menciono para não ser acusado de me servir da literatura para fins escusos, embora outros o façam com todo o proveito. Um detalhe: ministro que é ministro não conduz, pelo que ele, mal tomou posse, passou a andar todos os dias e todas as noites com motorista, até aos sábados, quando ia à discoteca com a catorzinha.

Na minha ignorante opinião, entretanto, o indício mais sintomático de todos aqueles apontados pela oposição radical, pela imprensa independente, pela sociedade civil e até pela comunidade internacional para demonstrar a total transformação sofrida pelo ministro nos últimos seis meses é o facto de este último ter-se como que evaporado tão logo tomou posse do cargo. Com efeito, o ministro deixou de aparecer em casa dos antigos amigos, sumiu de repente das farras de quintal, não foi visto mais a almoçar na Ilha de Luanda aos domingos, desapareceu dos estádios de futebol onde ia com frequência quando era somente vice-ministro (em todos esses locais, acrescento, a sua atividade preferida era falar mal do ministro da época). O que se dizia à boca pequena é que ele trabalhava muito, pelo que já não tinha a menor disponibilidade para manter a mesma vida social do seu período pré-ministerial, mas, para ser rigoroso e corresponder, assim, às expectativas dos leitores, não posso nem confirmar nem desmentir isso. De todo o modo, alguém mais ingênuo não hesitaria em compensar isso com algumas aparições mediáticas, para mostrar os resultados do seu árduo trabalho ou, pelo menos, para sossegar os amigos, mas, caso se recordem do que eu disse dele mais do que uma vez, o ministro nada tinha de estúpido e, além disso, era precavido, pelo que fugia da imprensa como o diabo da cruz. Quem muito aparece aborrece, dizia ele, a fim de racionalizar a sua estratégia.

Ainda que a contragosto, sou obrigado a acrescentar que, tal como as medidas cautelares tomadas pelo ministro em relação ao gabinete do seu antecessor, as profundas transformações que ele sofreu nos últimos seis meses também estão em perfeita concordância com a nossas tradições mais enraizadas e legítimas. Na verdade, é por isso que, quando entrou na sala e se colocou, modestamente, na fila das pessoas que ali tinham ido para cumprimentar a família do antigo ministro, falecido em circunstâncias desconhecidas, ele parecia muito bem. Aliás, tinha mesmo um ar fresco e jovial que, apesar de contrastar com o ambiente geral, parecia não ter sido observado por ninguém, a avaliar pela indiferença com que foi recebido quando entrou na sala. Seja como for, uma espécie de secreta e inqualificável alegria assomava do seu olhar aparentemente comovido. Desconfio, por isso, que ele já deveria ter apagado da consciência a questão fundamental que o apoquentou no momento em que soube pelo secretário do presidente que iria ser nomeado ministro, a saber, qual deve ser a conduta mais apropriada de um ministro nos tempos contraditórios e complexos que vivemos, em que a velha ordem parece estar a viver os seus últimos estertores, mas a nova também ainda não está completamente configurada, abrindo caminho, portanto, a todos os demônios? Aposto que essa questão já não lhe tira mais o sono.

Insisto, pois: o ministro não passa de uma figura previsível, perfeitamente inserida nas nossas tradições. A rigor, não sei mesmo por que estranho motivo decidi tratá-lo como personagem literária, pois o mesmo não possui qualquer dignidade para tal. Quem sou eu, portanto, para tentar decifrar a enigmática circunstância de ninguém — nem eu próprio, que tentei, insensatamente, tirá-lo do obscurantismo — o ter reconhecido quando ele entrou na sala onde decorria o velório do seu próprio antecessor?

A verdade é que não sei como terminar esta saga ministerial. Sim, eu sou um antitradicionalista convicto, mas os tempos estão confusos para toda a gente, até para mim.

UMA MULHER SÉRIA

63

Sim, eu sei perfeitamente que nos tempos que correm, a liberdade, apesar de repetida até à exaustão em todos os discursos, políticos, econômicos, sociais, morais, artísticos e *tutti quanti*, não passa de um grotesco simulacro e os seus próprios arautos são os primeiros a cerceá-la quando a mesma não lhes convém. Apesar disso, decidi contar a estória de Ana Maria tal e qual ela aconteceu, sem tirar nem pôr, correndo deliberadamente o risco de o meu relato ser considerado mera ficção. Contá-la-ei sem pudores de nenhuma espécie e, sobretudo, sem qualquer receio de ser desmentido (podem chamar a isto, se quiserem, "escrita consciente"). Ei-la.

Ana Maria estava em frente ao espelho no dia em que descobriu que a sua breve existência, até então, não passava de um embuste e que ela se arriscava a deitar toda a sua juventude na sarjeta se não se rebelasse contra o homem que insistia em considerar marido, mas que, na realidade, não passava de um manipulador, um falso moralista e, ainda por cima, um chulo, em suma, um filho da puta, assim mesmo, com todas as letras. Ela tinha acabado de vestir a calcinha e, de repente, como se diz na linguagem comum, caiu em si. O espelho — uma peça alta e enorme colocada atrás da porta do quarto — não mentia: aquilo não era uma calcinha; era um saco de batatas. Uma coisa fantasmagórica que lhe cobria toda a região que ia do umbigo quase até ao meio das coxas. Um verdadeiro cuecão, cuja tonalidade — um cinzento esmaecido e pretensamente discreto — o tornava ainda mais ignóbil. Por força de um desses inexplicáveis, mas legítimos e justíssimos, paradoxos da percepção, Ana Maria considerava aquilo profundamente obsceno. De repente, sentiu asco de si mesma. Tinha vontade de estilhaçar o espelho que tinha à sua frente. Só conseguiu começar a chorar convulsivamente.

As palavras do marido rebentavam-lhe no cérebro como pequenas bolhas de pus e fel:

— *Uma mulher séria não pode usar essas calcinhas minúsculas que se usam agora, esses fios-dentais que as brasileiras inventaram e que, sem vergonha, vestem até quando vão à praia... Mulher minha tem de usar cuecas a sério e não esses biquínis que deixam tudo à mostra!...*

Às vezes, um tanto absurdamente, concluía:

— *Uma mulher séria tem de usar cuecas não apenas decentes, mas também honradas!...*

No dia em que o espelho lhe disse a verdade, Ana Maria arrancou furiosamente a cueca decente e honrada que ia vestir, como ele lhe ordenara quando se casaram, atirou-a para o chão e deixou-se cair na cama, de barriga para baixo, a chorar em surdina. Talvez por causa da vergonha e da culpa que o marido lhe inculcara na consciência ao longo dos anos, tapou-se parcialmente com o lençol, que lhe cobriu a cabeça, as costas e a parte de cima das coxas, mas deixou os braços de fora. Como num filme de horror, a sua vida nos últimos anos, desde o seu casamento (contra a vontade da mãe!), desfilou lentamente diante dos seus olhos cerrados, enquanto ela não podia conter as lágrimas que insistiam em derramar-se dos mesmos.

Na verdade, ela devia ter desconfiado logo no dia em que conhecera o marido e aceitou, sem pensar, o número de telefone que ele lhe mandara entregar por um guarda--costas. *Um mero número de telefone, grosseiro e autoritário, rabiscado sem pudor num pedaço de guardanapo manchado com gordura*, pensava agora, quando, de súbito, adquirira consciência, finalmente, do tamanho da sua calcinha e da sua submissão. *Eu devia ter previsto o que me estava reservado!...*, concluía, impotente.

Ana Maria conhecera o futuro marido no cocktail de uma empresa aonde fora com uma prima, que levara mais de um mês a convencê-la, pois precisava de companhia (*"A Júlia não está cá; tens de ir comigo, prima!... Não posso perder esse evento: acabei de dar com os pés no Miguel e preciso de um gajo novo..."*, dissera-lhe ela, honestamente). Ela não tinha o hábito, ao contrário da prima, de frequentar esse tipo de acontecimentos sociais, pelo que não estava muito à vontade. Tinha ficado praticamente parada num dos cantos do recinto e só se movimentava, de quando em quando, para ir pedir uma bebida ou servir-se de mais um canapé à mesa decorada que estava no centro do salão. Mal olhava para os presentes. Mas, numa das raras vezes em que levantou os olhos do prato, cruzou-se com o olhar fixo de um homem um pouco acima da meia-idade, de fato e gravata, como é suposto estar num cocktail, nem alto nem baixo, a barriga levemente avantajada, com feições, digamos assim, pouco favorecidas pela natureza (não era, obviamente, nenhum Denzel Washington), mas com um ar mais do que decidido, resoluto e, passe o exagero, mas foi o que ela pensou, quase criminoso. Ana Maria sentiu um tremor nas pernas. O olhar do homem era insistente e, sem qualquer demonstração de pudícia, passou a acompanhá-la em todos os seus movimentos pelo salão. Em nenhum momento ele fez tenção de se aproximar dela e muito menos de lhe dirigir a palavra. Apenas a perseguia com o olhar, de maneira despudorada, aonde quer que ela fosse.

Deitada na cama, escondida parcialmente debaixo do lençol, Ana Maria continua a chorar e tem vontade, pela primeira vez, de punir-se a si própria:

— *Sim, gostei daquilo, merda!* — *pensou. Senti-me cortejada...*

Juro mesmo: eu não sei por que que essa palavra fora de moda ocorreu à personagem, em pleno e diáfano apogeu da ditadura do politicamente correto. Será para a desculpabilizar? Ou o seu objetivo será apenas sobressaltar o relato ou então colocar o autor em maus lençóis perante a atual opinião pública, aparentemente sem qualquer razão?

O fato é que Ana Maria gostou de sentir o olhar do homem acompanhando os seus movimentos pelo salão, mirando-a vagarosamente de alto a baixo, fixando-se nos seus olhos, descendo pelos seios, a cintura, as coxas e as pernas, demorando-se, quando ela estava de costas, nas suas nádegas bem desenhadas e no tamanho certo, tudo isso sem qualquer outro gesto, sinal ou movimento. Por conseguinte, se a personagem gostou, eu tenho o dever de relatá-lo, mesmo correndo o risco de ser acusado de misógino por aqueles que, em nome da liberdade, gostariam de limitar a minha.

Não devem, pois, admirar-se os leitores pelo fato de Ana Maria ter aceite imediatamente e sem medir as suas tenebrosas consequências o bilhetinho com o número de telefone do futuro marido. Além do número, o bilhete continha uma ordem: "Telefona-me!"

No dia seguinte, ela ligou ao homem. Ele parecia ser como ela o imaginara na noite anterior: perigoso. Sem evasivas, convidou-a (melhor seria dizer que a tinha intimado) para jantarem e, depois, passarem a noite juntos num dos hotéis na cidade. Tudo aquilo lhe parecia um sonho ou um pesadelo (ela não sabia diferenciá-los, na altura), mas Ana Maria respondeu favoravelmente, como um autômato. Ela tinha 21 anos, ainda vivia com a mãe, mas daria um jeito para dormir fora de casa naquele dia extraordinário, que parecia aguardar desde a data inicial em que havia irrompido, com um berro fantástico mas já esquecido, no universo. Era simples: dir-lhe-ia que iria dormir à casa da prima, pois teriam uma festa e, depois, seria tarde para regressar, o que esta, é claro, confirmaria sem quaisquer dificuldades. Passou o dia meio atordoada, sem saber por quê. Era a expectativa, julgava ela, de conhecer aquele homem resoluto, que a atraía sem qualquer razão.

— *Uma vaca a caminho do matadouro pelos seus próprios pés!*

A imagem, brutal e talvez nada literária, não é minha, mas da própria Ana Maria, anos mais tarde, no dia redentor em que resolveu livrar-se da cueca gigante que jazia no chão do quarto, como um objecto definitivamente imprestável. O que eu posso dizer é que somente nesse dia, quando a sua existência já havia sido completamente transfigurada, é que ela descobriu que podia ser amarga e cruel, pelo menos consigo própria, o que, como se sabe, é um primeiro passo para a libertação individual de cada um. Antes dessa descoberta,

Ana Maria tinha sonhos, como todo o mundo. Era dada, mesmo, de vez em quando, a certos arroubos pretensamente poéticos, como aqueles que usou para contar à prima como havia sido a sua primeira noite passada num hotel com aquele que, pouco tempo depois, seria seu marido:

— *Um bando de pássaros luminosos explodiu no meu ventre, cantando e desfazendo-se em mil pedaços, enchendo de mel e alegria todo o meu corpo, por dentro e por fora!* — comentou ela, exaltada, descrevendo um dos três orgasmos que, revelou, alcançara naquela noite mágica.

Como este é um relato sério e não o *Cinquenta Tons de Cinza*, não me deterei demasiado nesses detalhes, mas tentarei contar, sem maiores floreados, como é que a existência de Ana Maria, após esse início tão promissor, se degradou de tal maneira que ela, no dia em que se viu ao espelho com um saco de batatas em vez de uma calcinha digna desse nome, resolveu cometer uma série de loucuras que não sei se serei capaz de descrever.

É importante informá-los, desde logo, que Ana Maria cometeu um erro fatal: abriu-se completamente àquele homem pernicioso logo na primeira noite em que saíram juntos.

— *Eu mal acabei de sair da adolescência. Até hoje apenas tive dois ou três namorados, tão inocentes como eu, talvez, inclusive, mais inexperientes, que passaram por mim sem deixar qualquer marca, apesar da arrogância própria da juventude com que me exibiam nos corredores da faculdade, nas discotecas ou no Mussulo, aos fins de semana, sem se darem conta que dentro de mim crescia, em silêncio, uma curiosidade inexplicável e perigosa, sombria e exultante como uma conspiração de que eles, com a sua pele perfumada, a cheirar a leite, jamais poderiam participar, um desejo sujo que me molhava nas noites solitárias, mesmo quando ao meu lado estavam aqueles corpos imberbes e musculados, mas profundamente inúteis, como bibelôs de feira, por isso o que tinha de suceder sucedeu, fui-me afastando de cada um deles sem que o percebessem, até que nada mais podiam fazer, a não ser partir com o rabo entre as pernas, compungidos, vergados por uma culpa cuja origem desconheciam...* — discursou ela.

Como é óbvio, o homem entendeu essa fala como o fariam todos os homens. Bem, eu não sou exatamente um especialista na alma masculina; por conseguinte, o que acabo de dizer é apenas um palpite. O que interessa é que, desde aquela noite em que Ana Maria julgou descobrir o que era um orgasmo de verdade (três, segundo ela, mas não vejam nesse número cabalístico nenhum trocadilho), os dois passaram a encontrar-se todos os dias. Almoços, lanches, jantares, idas à discoteca, tardes e noites passadas sempre no mesmo hotel, reuniões em casas de amigos, enfim, esses e outros pseudoacontecimentos (a rigor, trata-se de atos corriqueiros desde que a humanidade é humanidade, pelo que são absolutamente previsíveis) faziam parte do programa. Como acontece com mais frequência do que se imagina, alguns desses acontecimentos poderiam ser diferenciados de outros semelhantes, vividos por outras personagens, caso Ana Maria estivesse atenta a determinados detalhes, mas ela, além de jamais ter lido Paul Auster e, por conseguinte, não saber a importância dos acasos e minúcias na existência humana, estava fascinada por aquele homem que a manipulava como se ela fosse uma Barbie. Por isso, em momento algum se questionou acerca das obscuras razões pelas quais o futuro marido parecia literalmente "da casa" naquele hotel onde a levava dia sim, dia não, com emocionante disciplina. De igual modo, nunca se deu conta que o homem apenas a levava a casa de dois amigos, ambos solteiros, que na verdade ela não conhecia mais ninguém das relações dele, colegas, amigos ou familiares; eles namoraram quase dois anos antes de terem resolvido casar-se, mas os únicos amigos que o homem lhe apresentou eram aqueles, aos quais, diga-se, ela fazia um esforço para adaptar-se, pois, para ser honesta, considerava-os um tanto simplórios. A terceira desatenção de Ana Maria teve de ser a prima a alertá-la para ela: sempre que a convidasse para irem a uma discoteca, o homem convidava igualmente a prima e os dois amigos acima aludidos, o que fazia, no total, cinco pessoas, das quais três homens e duas mulheres; o número ímpar e, sobretudo, o fato de haver um homem a mais não passava de uma estratégia reles e mesquinha, típica "desses cabrões dos angolanos" (na altura, a prima dela andava com um diplomata sueco), para ele poder ocultar dos outros presentes que estava com ela, que os dois eram namorados, tinham um caso, eram casados, o que quer que fosse, isso eram detalhes, o importante (e que ele tentava esconder por todos os meios; inclusive, mal dançava com ela) é que estavam juntos.

— Como é que aguentas, Ana? Um gajo que não te assume...
— indagou-lhe a prima, mas não teve qualquer resposta.

Até ao dia em que resolveu libertar-se da supercalcinha, como as feministas inaugurais, conta-se, queimaram os sutiãs, Ana Maria foi incapaz de responder à pergunta da prima. De fato, ela desejou ser subjugada por aquele homem incaracterístico, trinta anos mais velho do que ela, desde o dia em que se conheceram no cocktail a que a prima dela a tinha levado, após ter insistido durante mais de um mês, e no fim do qual alguém lhe tinha entregue um papelucho engordurado com um número de telefone e uma ordem para que Ana Maria ligasse, o que ela fez logo na manhã seguinte, mal acordou. Nem sequer o nome dele sabia.

Como é que a prima, sempre tão atenta aos detalhes ("*Tens de prestar atenção aos pormenores, Ana... Aprende a ler os sinais...*", dizia-lhe ela frequentemente, a propósito de tudo e de nada), mas que não adivinhou sequer quando o sueco se foi embora sem avisar, poderia compreender o que ela estava a viver? Ela tinha apenas 21 anos quando conhecera o futuro marido, mas é como se estivesse à espera desde sempre de um homem assim. Nem o escritor mais perspicaz e criativo poderia alguma vez imaginar o que se passava dentro dela à medida que os seus encontros com aquele homem se iam sucedendo e eles se conheciam cada vez mais. Alegria, emoção, prazer e outras palavras de idêntico calibre são insuficientes para representar o que ela sentia apenas quando pensava nele; por isso, muito mais inadequadas são as mesmas para captarem tudo o que acontecia dentro dela, não só da sua carne e das suas vísceras, mas também do seu espírito e da sua alma, quando estavam juntos. Era muito mais do que sexo, embora, nessa matéria, ela tivesse entendido rapidamente, logo na primeira noite, que não perdera nada em ter tido apenas, até então, dois ou três namorados imberbes e tão incompetentes sexualmente quanto presunçosos e arrogantes; afinal, isso como que a preservara para a permanente e exaltante descoberta que era oferecer-se plenamente aos desejos múltiplos, conscientes e insaciáveis daquele homem indescritível, abrindo-se para ele de todas as maneiras e feitios, aos seus dedos, à sua língua, ao seu membro experimentado e conhecedor, deixando-o vasculhá-la completa e integralmente, ora com ternura, ora com sanguínea ferocidade, até à explosão de ambos, como uma canção irrompendo súbita do centro da terra.

— *É mesmo mais do que sexo, Ana?* — perguntava-lhe a prima, quando ela tentava justificar por que motivo se mantinha presa àquele homem que ela considerava seu marido, que a engravidou cinco vezes em cinco anos, que lhe disse que mulher casada não deve ter amigos, que a proibia de sair com as amigas, que lhe ordenou que não saísse de casa quando ele viajasse, e que, por fim, como se tais interdições não fossem suficientes, a obrigou a usar cuecas enormes, decentes e honradas, de cores discretas (*"Nada de vermelho, amarelo e outras cores berrantes!"*).

Ana Maria, deitada na cama a chorar, enquanto evoca o seu passado recente, indagando-se como é que a sua vida chegou àquele ponto lastimável, tem vontade de se cobrir totalmente, com o cobertor mais espesso que puder encontrar, pois o lençol que parcialmente a tapa não lhe parece bastante, sem ela saber a razão, para protegê-la daquele estado depressivo em que se encontra. Contudo, não chega a fazê-lo, deixando-se ficar como está.

A mãe dela é que sempre esteve certa. Ana Maria recorda-se que, habitualmente, ela costumava falar de maneira aberta e frontal, o que certos ouvidos mais sensíveis consideravam, por vezes, grosseiro. Sem poesia, direi eu, que sou um homem benevolente. Mas nem Ana Maria e muito menos eu estávamos à espera que, no dia em que descobriu que a filha andava com um homem para lá da meia-idade, a mãe dela tivesse explodido com palavras tão virulentas como as referidas a seguir:

— *Trinta anos mais velho? É um bandido, esse cabrão! Só quer te foder e mais nada!... Quando se cansar, vai te abandonar como se fosses uma puta qualquer...*

O desespero da mãe de Ana Maria explica-se facilmente. Ela andava desconfiada há muito tempo. Há meses que a sua filha se comportava de maneira altamente estranha.

Passara a sair mais vezes de casa, ela que, na verdade, nunca fora muito de saídas, chegava mais tarde e, todos os fins de semana, dormia na casa daquela prima safada, que só gostava de estrangeiros. A princípio ainda lhe dava explicações, mas, aos poucos, deixou de fazê-lo.

— *Hoje vou dormir na casa da Alice, mãe!* — limitava-se a informar.

Passava-se, pois, alguma coisa esquisita. Todavia, em vez de perguntar diretamente à filha o que se estava a acontecer, pois sabia que isso não daria certo, uma vez que Ana Maria sempre fora muito calada e emburrava com facilidade, a mãe dela resolveu fingir que não estava a dar conta de nada, mas, na verdade, passou a vigiá-la de perto, atenta a todos os detalhes, como telefonemas, mensagens, horas de saída e chegada e, claro, quem a ia buscar e deixar à casa. Nos primeiros meses, não conseguiu obter nenhuma informação relevante, pois a filha passou a falar ao telefone de maneira praticamente inaudível e, além disso, nunca mais o deixou esquecido na cozinha, na casa de banho ou no sofá; por outro lado, o tipo (ela tinha a certeza que era um homem) que diariamente ia buscar Ana Maria parava o carro numa esquina que ela não podia ver da janela da sala. Sempre que tinha uma oportunidade, então, começou a pesquisar na bolsa da filha, uma Fendi com que de repente ela começou a andar, embora não trabalhasse e nem a mãe lhe tivesse dado dinheiro para comprá-la. A referida pesquisa, porém, nunca deu nada. De igual modo, os bilhetes que acompanhavam os extravagantes arranjos de flores que passaram a chegar todos os dias, dirigidos a Ana Maria, também não lhe foram de qualquer serventia, pois tinham apenas, invariavelmente, uma frase estúpida e irritante: "Do teu admirador secreto!"

No dia em que — chegava ela da casa de uma comadre — deu de caras com a filha beijando um homem idoso dentro de um carro à porta do prédio onde moravam, a mãe de Ana Maria, que se gabava de ter uma saúde de ferro, pensou que ia morrer. Mas, e tal como, estou certo, os leitores entenderão, não podia dar uma de fraca, como tinha ela comentado horas antes com a sua comadre e conselheira de longa data, que havia procurado para lhe falar do comportamento esquisito da filha nos últimos tempos.

— *Aí tem homem, não acha, comadre? Só pode!... Mas quem será? Algum colega da faculdade? Ela não diz nada, sabe como ela sempre foi muito reservada... Eu morro de curiosidade... Ela é muito nova, precisa de acabar a faculdade primeiro, como eu lhe digo sempre, mas também precisa de namorar... Sabe que ela nunca namorou?... Só espero que seja um jovem de boas famílias, que também esteja a estudar... Essa juventude de agora tem muita bandidagem... Mas por que ela não me diz nada? Eu sempre procurei pô-la à vontade... Seja como for, também não vou dar uma de fraca! Não vou lhe perguntar nada... Concorda, comadre?*

Mas, quem era aquele velho? A mãe de Ana Maria, que tinha parado meio encoberta por uma árvore a uns trinta metros do carro onde vira a filha aos beijos a um homem que tinha idade para ser pai dela, não sabia o que fazer. Decidiu voltar para trás, para fazer um tempo. Entrou num café que ficava a uns dez minutos do prédio onde morava com a filha única e pediu um chá.

— *De camomila!* — disse. Precisava de acalmar-se.

Quando, cerca de vinte minutos depois, entrou no apartamento, Ana Maria estava a sair do banho, ainda com a toalha enrolada no corpo. Olhou para a mãe e pressentiu qualquer coisa. Mas nunca o que a mãe lhe disse, aos berros:

— *Sua puta de merda! Agora andas com velhos?! Quem é esse cabrão com quem estavas aos beijos aí embaixo, sem qualquer vergonha na cara? Quem é?, diz-me. Diz-me, porra!...*

Ana Maria ia começar a responder, embora ainda sem saber o que dizer ou como, mas a mãe deixou-se cair no sofá da sala, a meio do caminho entre a casa de banho e o quarto da filha, e desatou num berreiro homérico, enquanto batia desesperadamente com as mãos no assento do móvel. Se eu fosse um escritor genuinamente angolano diria que a mãe de Ana Maria tinha começado a xinguilar. De igual modo, e como esse verbo não existe em nenhuma outra língua, teria de descrever em todos os seus atos, momentos e graus, sem perder qualquer detalhe, por mais escabroso que fosse, essa espantosa cerimónia, pelo menos para que os leitores não iniciados não julgassem apressadamente tratar-se de uma mera invenção. Porém, o tempo que a mim mesmo concedi para contar a estória desta mulher séria chamada Ana Maria, a quem talvez esteja reservado um destino inigualável, está a chegar ao fim. Devo, pois, apressar-me.

Na verdade, lembrava-se Ana Maria, deitada na cama a pensar no que faria com aquela cueca enorme que tinha acabado de despir, com uma raiva insuportável do marido, tudo tinha acontecido muito depressa. Em suma, a mãe dela não aceitava poucas vergonhas. Por isso, exigia que o velho fosse lá à casa no dia seguinte para marcar a cerimónia de pedido de casamento da filha, a qual deveria ter lugar no prazo máximo de um mês. Por outro lado, o casamento propriamente dito não poderia aguardar mais de três meses após o pedido, pois era quase certo que a filha já estava grávida e ela não queria de jeito nenhum que a sua única filha aparecesse de bucho na conservatória com aquele velho baixo, careca e sem graça, pois as pessoas pensariam que ela o tinha obrigado a casar com Ana Maria, o que nunca lhe passara pela cabeça. E assim foi. O doutor Adérito — era assim que o futuro marido de Ana Maria fazia questão de ser chamado — apareceu na casa dela no dia seguinte e o pedido foi marcado para dali a duas semanas, tendo ele aproveitado para esclarecer que, obviamente, dada a sua idade, não levaria ninguém para falar em nome dele, ou seja, ele próprio assumiria integralmente as suas responsabilidades. Por outro lado, adiantou igualmente o doutor Adérito, ele era viúvo, tinha dois filhos da idade da Ana Maria, mas eles estudavam em Londres, pelo que apenas se poderiam conhecer quando para isso houvesse oportunidade; a mãe de Ana Maria, contudo, que não se preocupasse: o doutor Adérito estava disposto a fazer com que todos eles vivessem como uma verdadeira família, mesmo que alguns estivessem em Londres, outros em Lisboa e outros no Cuando Cubango (a imagem não caiu bem a Ana Maria, mas, como a mãe dela não protestou, ela também resolveu esquecê-la).

De fato, as coisas correram como planeado. Dali a duas semanas aconteceu o pedido, ao qual o doutor Adérito levou um velho amigo, mas que na verdade parecia ter menos vinte anos do que ele, enquanto, da parte da futura noiva, e além da mãe, compareceram uns tios que só apareciam naquelas ocasiões, a comadre Esperança, sua grande confidente, e a bandida daquela prima da Ana Maria, filha do seu falecido irmão, um verdadeiro santo, mas que nunca teve pulso na filha (*"Aposto que foi essa gaja que enfiou a minha filha debaixo deste velho"*, pensava a mãe dela). O casamento foi marcado para dois meses depois. Quando, sete meses mais tarde, nasceu o seu primeiro filho com o doutor Adérito, Ana Maria apressou-se a dizer que o bebé era prematuro, o que poucos contestaram, pois, na verdade, ninguém a tinha visto de barriga durante a cerimônia de casamento. A imagem que a maioria dos convivas reteve do casamento de Ana Maria foi a da genuína alegria e felicidade da mãe dela, que foi a todas as mesas cumprimentá-los e tirou uma série de fotografias ao lado do genro. Até parece que era ela a noiva.

A lembrança que, todavia, Ana Maria guardou para sempre do dia do seu casamento foi outra. Ela e o marido já se tinham — passe a linguagem burocrática — recolhido aos seus aposentos, depois da festa, e despiam-se lentamente, sem qualquer *frisson* mútuo (afinal, há meses que já se conheciam assim, ignaros e frágeis); Ana Maria estava quase completamente nua, restando-lhe apenas a calcinha branca e elegante, levemente ousada, mas sem exageros (pensava ela), que fizera questão de vestir naquele dia especial, e ia começar a tirá-la quando o doutor Adérito, de peito peludo e abdômen avantajado (apesar da dieta que fizera duas semanas antes do casamento, para caber no *smoking*) à mostra, mas ainda com as calças pretas do dito cujo, a olhou de baixo para cima e fixou o seu olhar furibundo nos olhos dela, de súbito angustiados, proferindo as seguintes palavras, que passariam a persegui-la dali para a frente:

— Que pouca vergonha é essa? Como é que te lembraste de trazer isso precisamente hoje, no dia do nosso casamento? Agora és uma mulher casada!... Mulheres casadas não usam essas coisas... Isso é uma cueca decente? Uma pouca vergonha, isso, sim... Mulher casada tem de ser séria, não pode usar tanguinhas!... Essa merda de usar fios-dentais é coisa de puta, ouviste? Despe lá isso e nunca mais voltes a usar essa merda, ouviste? Nunca mais!...

Ana Maria ficou tão estupefacta que mesmo que eu fosse escritor não conseguiria jamais descrever o seu estado de espírito diante daquelas palavras do doutor Adérito. É que, embora atordoada, ela lembrava-se com perfeita consciência que o próprio marido (antes de sê-lo, claro) lhe tinha oferecido várias daquelas calcinhas e outras roupas íntimas de design ousado ("atrevido", preferia ele dizer), que comprava nas suas frequentes viagens ao Brasil e que sempre lhe incentivou a usar.

— *Tu és tudo para mim, meu amor!...* — dizia ele. *És a minha paixão, a minha mulher, a minha putinha, o meu amor... Sim, vou ensinar-te a ser tudo para mim... Até minha putinha, meu amor!... Sim, Ana, a minha putinha!... Sempre que sairmos, quero que vistas estas calcinhas, para que não te esqueças nunca que és a minha putinha, só minha...*

Que contradição em relação às suas novas palavras:

— *Uma mulher casada tem de usar cuecas decentes e honradas!...*

Passaram-se cinco anos desde o seu casamento. Cinco anos em que ela teve exatamente cinco filhos. Cinco anos em que deixou praticamente de falar com as antigas amigas. Cinco anos em que não ousou olhar, mesmo por acidente, para qualquer outro homem. Cinco anos em que, sem dar por isso, engordou diariamente. Cinco anos em que nunca mais vestiu uma calcinha daquelas que ela gostava de usar e que, na realidade, não eram tão ousadas assim, mas em que passou única e obrigatoriamente a usar aquelas coisas enormes que o marido lhe impingia, umas cuecas gigantescas que lhe cobriam todo o corpo, do umbigo ao meio das coxas.

Ana Maria estava deitada na cama, semicoberta pelo lençol, pensando no que tinha sido a sua vida nos últimos cinco anos. Tinha cinco filhos, mas ainda não tinha 30 anos e continuava a ser uma bela mulher. Contudo, odiara a imagem que tinha acabado de ver há instantes no espelho fixado na porta do quarto. Pensou, mais uma vez, na peça ignominiosa de que acabara de libertar-se e decidiu nunca mais ser uma mulher decente e honrada.

Levantou-se, com o propósito de procurar uma tesoura e despedaçar aquele saco de batatas acinzentado — autêntico símbolo da sua submissão ao doutor Adérito. Mas, estranhamente, não chegou a fazê-lo. Em vez disso, apanhou-o com delicadeza, sacudiu-o e vestiu-o lentamente, com um ar tranquilo e apaziguado. Depois colocou o vestido, retocou o rímel, calçou os sapatos Jimmy Choo, olhou-se mais uma vez ao espelho, gostando novamente da sua própria imagem, e foi para a sala aguardar pelo marido, que a convidara para uma recepção oficial e deveria estar a chegar.

Afinal, ela era uma mulher séria.

O TORCICOLO

81

Aquele torcicolo andava a chateá-lo há um tempo sem conta. E também sem medida. Um tempo eterno, em que as dores, em vez de diminuírem, aumentavam sem parar. Mas não aumentavam linearmente. Na verdade, iam e vinham. Às vezes pareciam regredir, o que o levava a sentir-se mais aliviado, ou pelo menos a julgar que estava a ficar livre daquelas dores horrendas, mas logo elas voltavam, mais fortes e insidiosas do que antes. Ao fim de um tempo, ele apercebeu-se que após aqueles fluxos e refluxos as dores aumentavam de grau, tornando-se mais insuportáveis. Metódico como era, determinou mesmo um calendário e um padrão: de três em três dias, o nível da dor subia um ponto.

Como disse, não sabia há quanto tempo estava assim. Também não sabia como, em que lugar e em que circunstâncias as dores tinham surgido pela primeira vez, o que o irritava ainda mais. É que ele era um controlador, pelo menos em relação a tudo o que dependia dele, a começar, segundo estava firmemente convencido, pelo seu próprio corpo. Por isso, seguia à risca um regime alimentar criado por ele, pois não confiava nem nos médicos nem nos livros que enchiam as livrarias, nos artigos publicados nos suplementos de jornais ou nas revistas de entretenimento, bem como nos debates pseudocientíficos a que, de vez em quando, assistia na televisão acerca dos princípios e normas a seguir para levar uma vida saudável e perder peso sem sentir dor. Os primeiros, convencidos que são deuses, tendem a dramatizar tudo, ameaçando os pacientes com os provires mais funestos e horripilantes, enquanto os segundos não passam de charlatanice pura, dizia. Quando estava particularmente bem-disposto, gostava de filosofar: como abdicar do livre-arbítrio, entregando o nosso destino individual às mãos de qualquer médico, por mais presunçoso que o mesmo seja? Ou então: como alcançar alguma coisa na vida sem sentir dor?

Além da dieta alimentar exclusiva — que não divulgo, por causa da maka dos direitos autorais —, ele realizava igualmente exercícios físicos regulares. Felizmente, tinha uma mulher compreensiva, que mandou construir um ginásio só para ele na moradia que habitavam numa área nobre da cidade, longe dos buracos e das lixeiras que infestavam a cidade velha e mais longe ainda dos muceques onde viviam amontoados os milhões de deserdados, ex-fugidos da guerra que, mesmo tendo o país alcançado a paz, se recusavam a voltar para o campo, pois preferiam o caos, a imundície e a criminalidade dos bairros de lata da capital ao vazio e ao silêncio dos campos, onde os homens definham por não terem nada para fazer, apenas olhar o céu, o horizonte longínquo e o pôr do sol igual todos os dias. Acreditem: o pôr do sol africano só é bom para postais turísticos ou para usar como abertura ou fecho de filmes de Hollywood.

Quando chegava a casa todos os dias ao princípio da noite, após um dia inteiro a assistir a reuniões sem interesse ou a receber idiotas e ignorantes, e entrava no ginásio que a sua querida mulherzinha tinha mandado construir especialmente para ele, sentia-se uma espécie de príncipe. Exercitava-se então durante uma hora, corria na esteira, fazia flexões, levantava pesos, alongava o mais que podia as pernas curtas, obedecendo estritamente a um plano que elaborara há muito na sua cabeça, pois, controlador que era, não se podia dar ao luxo (ao "desperdício", contrapunha ele) de improvisar. "Os subdesenvolvidos é que gostam de improvisar", argumentava, quando alguém tentava fazer humor com a sua mania de planificar tudo. É verdade que ele tinha nascido em Xá-Muteba, uma terra sem identidade situada na fronteira entre as províncias de Malanje e da Lunda Norte, mas tinha estudado na Alemanha, onde aprendera que a pontualidade e a planificação são duas características fundamentais da civilização. A desorganização e a falta de pontualidade dos angolanos em geral tiravam-lhe, pois, do sério. Quanto ao dito "humor caluanda" — que, na verdade, já estava (o tempo verbal é dele; eu posso confirmar que está) a contaminar toda a gente —, exasperava-o até à medula.

— *Tenho de planificar uma série de exercícios específicos para ver se este maldito torcicolo desaparece de uma vez por todas!* — pensou ele, depois de experimentar durante uma semana aquelas dores horríveis, que iam e vinham, aumentando progressivamente de intensidade. Sim, reconhecia ele (afinal, era dos poucos angolanos sérios, consistentes e organizados), nos primeiros dias, quando a dor se começou a manifestar, não ligou, pensando tratar-se de um incômodo ligeiro, que, tal como surgira, desapareceria. Algum mau jeito ao dormir, imaginou. Ele tinha ouvido uma vez uma especialista garantir num debate televisivo que dormir com almofadas demasiado volumosas pode causar problemas de natureza variada, como dores no pescoço e até na coluna, formigueiro nas extremidades ou cócegas na planta dos pés, mas, recordo, para ele essas falsas lições não passavam de charlatanice. Sempre dormira com almofadas altas e iria continuar a fazê-lo. Ao contrário dos medíocres, ele gostava de ter a consciência bem erguida, segundo explicava, talvez contaminado pelo humor caluanda ou, quem sabe, por simples cretinice, quando lhe perguntavam a razão de ser da sua opção. A verdade é que, durante toda a sua vida, jamais tivera, pelo menos que disso se tivesse dado conta, quaisquer problemas hipoteticamente provocados pela sua preferência pelas almofadas altas e volumosas. Até à inesperada aparição daquele torcicolo. Embora contrafeito, pois teria de passar a acreditar nos especialistas televisivos, o mesmo só poderia ter como origem aquele seu hábito de dormir com a consciência erguida. Pelo menos numa primeira análise, não podia haver outra causa, por mais premonitória que eventualmente fosse.

Aliás, além de controlador, ele era profundamente racional, dois equívocos que, regra geral, caminham a par: não acreditava em premonições e ponto. Concluiu, por conseguinte, que o torcicolo que de repente começou a incomodá-lo passaria se ele seguisse os conselhos dos especialistas televisivos, deixando de dormir com almofadas demasiado altas. E, se assim o pensou, assim o fez, mais do que decidida, radicalmente, pois não se limitou a trocar de almofadas: suprimiu-as. Pelo menos durante uns dias, nada de almofadas. *Nothing. Rien. Niente.* Não poderia ser desmoralizado por uma simples dor no pescoço.

— *Nem Deus sabe o que me custa dormir ao mesmo nível da gentalha, mas tenho de acabar com esta dor!* Dois ou três *dias sem almofada devem chegar...* — disse ele para si mesmo, sem saber que a literatura tem essa subversiva capacidade de captar, reproduzir, ampliar e espalhar, de maneira improvável e perigosa, ainda que, desgraçadamente, ineficaz, até aquilo que não é dito.

Acontece que, na vida, nem tudo é ficção. Assim, uma semana depois de ter dormido com a consciência ao nível dos humanos, o torcicolo não desapareceu. Pelo contrário, a sua consciência, exausta e humilhada, dizia-lhe que, aparentemente, tinha crescido, pois, além da dor por ele provocada ter aumentado, deixara de poder movimentar o pescoço livremente. Agora, sempre que queria observar alguma coisa com a qual se cruzasse ou que estivesse a ocorrer ao seu lado, tanto à direita como à esquerda, tinha de mover o corpo todo, da cabeça aos pés, num gesto pesado e uniforme, como se fosse um robô ou uma caricatura do Michael Jackson; só lhe faltava mexer os braços e os pés como este último, o que ele, que detestava fazer papéis ridículos, jurou nunca experimentar, nem morto, expressão que, aqui entre nós, é estupidamente previsível e óbvia.

— *Não pode ser das almofadas!* — quase gritou, quando, depois de uma semana a dormir sem elas, constatou que o torcicolo prosseguia a sua ação insidiosa. *Eu tenho razão, ao não acreditar nesses especialistas de meia-tigela que a televisão impinge aos incautos... Cambada de curandeiros eletrônicos!...* — suspirou.

Resolveu atacar o vergonhoso problema, que começava a tirá-lo do sério, com exercícios físicos. Ginástica. Deveria ter pensado nisso logo que surgiram os primeiros sinais. Isso, sim, é uma estratégia científica. Os seus professores alemães ficariam orgulhos, com certeza, da sua decisão. Tal convicção fê-lo autorrecriminar-se por ter perdido uma semana a dormir sem a sua altaneira almofada, pensando que isso faria o torcicolo esfumar-se, mas logo retomou o controlo do processo:

— *Um plano! Preciso de um plano de exercícios para fazer extinguir estas malditas dores...*

Antecipo desde já aos leitores que não poderei informá-los acerca do plano de exercícios antitorcicolo elaborado pela personagem, pois, como não conheço nenhum personal trainer ou qualquer outro especialista similar, é-me impossível contar com qualquer consultoria para colmatar a minha absoluta ausência de expertise na matéria em questão. Ainda pensei visitar uma biblioteca, mas, pelo menos em Luanda, o pessoal parece que só quer *shopping centers*. O tio Google também não me ajudou em nada, o que só demonstra que até ele não é perfeito. Lamento sinceramente a sorte da personagem, que talvez merecesse um autor mais engenhoso, mas, como julgo que sabeis, as relações entre ambos não são unívocas. Atesta-o, aliás, a presente estória, pois, ao contrário de mim, que não sei se a personagem aceitará o destino que para ela reservei, a mesma não tem quaisquer dúvidas: o torcicolo não perdia pela demora.

— *A civilização está baseada na ciência. Graças a ela, doenças que ainda ontem não tinham cura hoje não constituem problema nenhum. Um plano bem feito de exercícios livrar-me-á deste torcicolo em dois tempos...* — jurou mentalmente.

Reafirmo: pela parte que me cabe, confesso humildemente que não sei que tipo de exercícios foram esses; além da minha natural ignorância, não sou tão cultor do espírito científico como o é a personagem desta estória, às voltas, desde o primeiro parágrafo, com um torcicolo enigmático. O que posso dizer é que, durante exatamente duas semanas, ele (estimados e eventuais leitores, não se percam com tantas elucubrações inúteis: a personagem é um "ele") executou-os religiosa e sistematicamente, começando pelos exercícios mais simples e menos dolorosos e, à medida que os dias iam passando, tentando realizar os mais árduos e que exigiam da sua parte maiores sacrifícios. Nunca se enganou um dia sequer, confundindo e trocando os exercícios, pois, também como já disse, ele fazia questão de ser um controlador e, portanto, tinha de seguir o seu plano à risca (a única vez que perdera o controlo, deixando-se levar pelo empirismo, foi no episódio das almofadas, que ele queria esquecer radicalmente). Assim, foi subindo em crescendo, em termos de dificuldades e de sofrimento, o que, além do seu espírito científico e da sua natureza racional e controladora, tem uma explicação adicional: ele era quase epicurista e, como creio já ter igualmente revelado, acreditava que a dor é inerente ao êxito e ao sucesso.

Não posso deixar de contar que ele levava a sua autoproclamada capacidade de sacrifício de tal maneira ao extremo, que chegava a assustar a vizinhança com os gritos, uivos e grunhidos que soltava ao realizar, no seu ginásio particular, os exercícios que planificara cientificamente para combater aquele torcicolo que o incomodava há quase três semanas. Na verdade, ele desprezava todos os vizinhos, aquela gentinha minúscula que o invejava pelo seu sucesso notório, acusando-o, por certo, de ser mais um predador, como tantos outros que circulavam livremente pela cidade, com ar bem disposto e autocondescendente. O seu desprezo pelos vizinhos tornou-se quase mortal quando um dia teve de interromper os exercícios antitorcicolo para atender a polícia, que fora chamada por um deles "por causa de uma série de gritos na casa 30". Acrescentava o delator: "Deve ser um caso de violência doméstica...".

— *Ignorantes! Invejosos de merda! Intriguistas! Sacanas!* — gritou ele para o grupo de vizinhos que se tinha aglomerado à porta da sua casa, ansioso por sangue. O agente da ordem pública encolheu os ombros e foi-se embora sem se despedir de ninguém. Tinha mais o que fazer do que aturar malucos. Naquele dia não recebera qualquer gasosa e não sabia o que iriam os filhos matabichar na manhã seguinte, antes de irem à escola.

O homem do torcicolo ficou a matutar. Já estava a fazer exercícios há perto de duas semanas para combater aquele mal inesperado e não notava quaisquer melhorias. Incluída a primeira semana, que perdera por ter acreditado num charlatão ou numa charlatã qualquer, o torcicolo estava a chateá-lo há quase três semanas. Dali a pouco faria um mês e o seu pescoço continuava rígido, obrigando-o a movimentar-se como aquele preto complexado chamado Michael Jackson. As dores aumentavam um ponto de três em três dias. Teria algum dos cabrões dos seus invejosos vizinhos qualquer coisa a ver com aquilo?

— *Eu sou um homem racional, adepto da ciência, não posso acreditar nessas merdas...* — debateu-se ele, quando essa pérfida hipótese se tentou instalar na sua cabeça.

Os fatos subsequentes comprovam uma máxima que, se ainda não foi inventada, já o deveria ter sido: não se deve acreditar em tudo o que dizem as personagens.

Esta personagem concreta — o homem do torcicolo — quer impedir-me, contudo, de revelar por que faço eu essa afirmação, sem a mínima comiseração pelas dores horríveis que ele experimenta há quase um mês. Recorre, para isso, a falinhas mansas que apenas eu, sem falsas modéstias, sou capaz de escutar. Mas não sei se cederei aos seus apelos hipócritas.

A verdade, reconheço, é que, pelo menos por enquanto, ele reluta em aceitar qualquer ligação misteriosa e indecifrável (para os não iniciados, claro) entre o mal que o apoquenta e a inveja dos seus vizinhos. O que diriam os seus professores alemães se soubessem que, afinal de contas, ele acredita nessas "merdas"? Por essa razão, ele debate-se com todas as suas forças contra as suas próprias e mais obscuras convicções. Toma mesmo uma decisão que estava a evitar nas últimas semanas, embora a mulher dele o viesse pressionando a tomá-la logo desde o terceiro dia após a aparição do torcicolo e uma vez que este último não sumia naturalmente, como todos os fenômenos da sua espécie. Vou deixá-lo anunciar tal decisão:

— *A minha mulher tem razão. Parece que é melhor consultar um médico...*

Se os leitores eventualmente já o esqueceram, recordo que ele também não gostava de médicos ("Têm a presunção que são deuses...", dizia). Há anos que não consultava nenhum deles. Tinha os seus métodos para tratar-se das maleitas que, de vez em quando, o acometiam, para fazê-lo lembrar-se que também era humano. A propósito, a mulher dele atirou-lhe um dia com a seguinte frase, que agora, em plena e fantástica peleja com o torcicolo, o assaltou novamente, sem ele saber o porquê:

— *Passas a vida a dizer que os médicos são presunçosos... E tu? O que és? És mais presunçoso do que qualquer médico que eu conheça!... Meu Deus, como estás enganado... Pensas que és superior a todo o mundo, que os outros são todos medíocres, mas, nas reuniões com o chefe, nem levantas a cara para olhá-lo de frente!...*

Essa recordação provocou-lhe um sobressalto misterioso. Afugentou-o rapidamente. Estava decidido: iria consultar um médico. O torcicolo tinha de ser derrotado, a bem ou a mal.

A semana seguinte, passou-a em consultas médicas, exames e análises de todo o tipo. No primeiro dia, o médico não lhe disse nada, apenas o escutou e depois mandou fazer determinados exames e análises adicionais. Nos demais, só falou o estritamente necessário para comentar os resultados das análises e dos exames e para explicar a maneira de tomar os medicamentos que, entretanto, receitara.

Ao longo daquela semana, a dor provocada pelo torcicolo continuou os seus fluxos e refluxos habituais. Acostumado que estava aos mesmos, ele tornou-se capaz de prevê-los com milimétrica precisão. As mudanças de comportamento daquela dor insana manifestavam-se exatamente três vezes ao dia: de manhã, costumava ser levemente intensa, mas precisa e localizada, sempre, na base do pescoço; do fim da manhã ao princípio da noite, a dor acalmava-se um pouco, deixando-o sensivelmente apaziguado e esperançoso que, daquela vez, talvez fosse para valer e ela resolvesse extinguir-se como que por milagre; mas, à noite, quando ele tinha de recostar-se na cama, onde o esperavam, absolutamente dóceis, as suas almofadas, a dor aumentava de tal modo de intensidade que ele se deitava e deixava-se ficar esticado, de barriga para cima, procurando não fazer qualquer movimento, até adormecer. No dia seguinte, a rotina repetia-se. Durante três dias, ele não notava qualquer variação significativa no nível da dor. Mas tal acontecia, invariavelmente, ao fim do terceiro dia, quando a mesma subia sempre um ponto, de acordo com a escala que ele elaborara mentalmente para a tentar controlar. Graças a isso, ele pôde determinar que, depois de uma semana a tomar os remédios prescritos pelo médico que a sua mulher lhe indicara, a dor tinha aumentado mais dois pontos. Isso exasperou-o de tal maneira, que, pela primeira vez, começou a duvidar das suas próprias capacidades:

— *Controlador, eu? A porra desta dor é que me está a controlar há um mês... Agora vivo em função dela!... Melhor, não faço nada... Apenas aguardo que ela desapareça, de repente, do mesmo modo como surgiu... Mas ela vai e vem e, em vez de diminuir, tem aumentado cada vez mais, de três em três dias... Já não me consigo mexer, as dores começam a espalhar-se pelos braços, até as pernas tremem, de vez em quando, quase sem forças, qualquer dia até o pau fica com torcicolo... Bem, desde que estas dores começaram nunca mais tive vontade de fazer amor com a minha mulher...*

O risco de lhe suceder uma tragédia quase shakesperiana fazia-o começar a suar de maneira descontrolada. Se nem aquela função (fazer amor com a mulher) ele controlava mais, o que lhe faltava acontecer?

Até as personagens dúbias e cretinas têm coração: a mulher era a sua vida. Tinha, pois, de agir rápido. Precisava de acabar com aquela dor, antes que a vida dele acabasse. Quem dissera que a dor é inerente ao êxito, ao sucesso e à felicidade não passava de um reles embusteiro. A dor causada por aquele torcicolo maldito estava a destruí-lo aos poucos.

Com efeito, passaram-se exatamente trinta dias desde que sentiu pela primeira vez uma pontada na base do pescoço, quando acordou, após uma bela noite de amor com a mulher, e tentou fazer um movimento mais ou menos brusco para o lado, a fim de ver as horas. O mesmo ficou a meio, impedido de chegar ao fim por uma dor lancinante, que quase o obrigou a soltar um grito (não o fez para não acordar a mulher, cuja imagem serena parecia a do prazer e da tranquilidade em toda a plenitude). Começou então a sua saga. Já tinha tentado de tudo: uma semana a dormir sem almofadas, com a cabeça numa posição rasteira e servil, duas semanas a fazer exercícios metódica e cientificamente planificados e, por fim, uma semana a tomar milongos receitados por um médico que não dissera uma palavra útil e reconfortante — e nada, o torcicolo continuava a atuar, impune e alarvemente.

Desde o primeiro dia que devia ter sabido que tudo aquilo era obra do diabo, ou seja, de algum dos seus vizinhos ignorantes e invejosos. Invejavam o seu cargo importante e cobiçado, invejavam a casa que tinha, invejavam os fatos que vestia e os carros que exibia, invejavam até a sua querida mulherzinha, que lhe oferecera um ginásio privativo. Por isso, resolveu fazer o que deveria ter feito logo, mas que na altura não concretizou por causa dos conselhos contrários da mulher, que — ela, sim — não acreditava nessas "merdas". Estaria ela combinada igualmente com o demo? O homem do torcicolo estava a ficar cada vez mais confuso. Tinha de ser rápido, antes que tudo acabasse mal.

Apesar de gostar de posar de racional, "científico" e controlador, o homem do torcicolo era um ser frágil e permanentemente amedrontado, que, para se sentir tranquilo e reconfortado, visitava assídua e regularmente um feiticeiro originário do Dombe Grande, em Benguela (autêntico celeiro de feiticeiros afamados), mas que morava em Viana, perto de Luanda, desde os tempos da guerra em Angola. Ao trigésimo primeiro dia depois do surgimento do torcicolo, quando, finalmente, se convenceu que estava a perder a batalha contra este último, resolveu consultá-lo sem mais demoras. A mulher tinha ido à casa da mãe, onde passaria o dia todo, o que significava que todos os sinais pareciam propícios. O homem ordenou então ao motorista que escolhesse um dos carros que ele tinha no quintal, desde que não fosse nenhum dos protocolares, para levá-lo a Viana. Em vez de um dos seus habituais *"trois-pièces"*, que tanto os vizinhos invejavam, vestiu um fato de treino. Por fim, pôs um chapéu na cabeça, que lhe tapava metade do rosto. Como é óbvio, não queria ser reconhecido. Se o fosse, colocaria irremediavelmente em xeque a imagem que com tanto labor e esmero (passe a presunção, não sei, entretanto, se dele se do autor) construiu de si mesmo ao longo da presente estória, o que jamais poderia permitir: apesar dos pesares, continuava a ser um controlador ou pelo menos julgava-o.

Seja como for, o autor nunca visitou o gabinete de nenhum feiticeiro, tradicional, moderno, pós-moderno ou mesmo transtemporal (categoria que espero venha a enriquecer o baú de rótulos fabricados febrilmente nos tempos que correm). Ficará a faltar ao presente relato, portanto, a descrição do ambiente onde o feiticeiro originário do Dombe Grande recebeu o homem do torcicolo. Se os leitores tiverem mais experiência do que eu nesse quesito, sejam livres de preencher tal lacuna.

O que falta para terminar a presente estória é transcrever o diálogo entre os dois homens.

— *O chefe não precisa de explicar o que o traz aqui...* — começou por dizer o feiticeiro do Dombe Grande, ao que o homem do torcicolo retorquiu, humildemente:

— *Sim, eu sei...*

Após mais de trinta dias suportando estoicamente a dor causada pelo torcicolo, ele estava tranquilo. Diria mesmo: quase sem dor. Quer dizer, ela estava lá, localizada na base do pescoço, mas, pela primeira vez, era como se ele não a sentisse. Podia controlá-la, como sempre fizera com todos os processos e acontecimentos em que estivera envolvido, ao longo de toda a sua existência.

O feiticeiro fez-lhe a pergunta que ele aguardava, ansioso:

— *O chefe, quando está reunido com o Chefe Grande, olha mesmo na cara dele?*

Ele tinha a resposta pronta. Mas, mesmo assim, demorou um pouco a libertá-la da boca. Foi apenas uma fração de segundo, mas o suficiente para reconfirmar, autossatisfeito, que sem os poderes e os conselhos do feiticeiro do Dombe Grande a sua vida não teria chegado onde chegara. Como num filme fantástico, toda a sua existência, desde a meninice em Xá-Muteba até ao cargo que ocupava atualmente, passando pela experiência estudantil na Alemanha e a vivência na Europa em geral, sem esquecer o dia em que conheceu a mulher (*"Sim, ela é a minha vida!..."*) — tudo isso passou pela sua cabeça no lapso de tempo entre a pergunta do feiticeiro e a sua resposta abrupta e veemente:

— *Não! Nunca! Jamais! Até tenho medo!... Por isso, não tiro os olhos dos meus papéis...*

Fez-se um silêncio entre ambos. O Nirvana seria aquilo?, indagou-se, sem ousar quebrá-lo, o homem do torcicolo.

O feiticeiro ajeitou-se levemente na cadeira onde estava sentado e, olhando-o com firmeza, proclamou:

— *É assim mesmo, chefe, é assim mesmo... No Chefe Grande nunca se olha de frente!... Senão, a sorte acaba, é só azares...*

O homem do torcicolo começou a pensar que estava a acontecer um milagre: a dor começou a desaparecer celeremente. O feiticeiro prosseguiu:

— O chefe continua a receber conselhos para olhar mesmo na cara do Chefe Grande, dizer-lhe abertamente tudo aquilo que pensa, sem pensar na família?

— Sim, sim... Mas não ligo! Nas reuniões com o Chefe Grande olho apenas para as minhas pastas e, eventualmente, para algum colega, mas sempre com muito cuidado... Quando ele pede a minha opinião sobre algum assunto, digo somente o que acho que ele gostaria de ouvir. Bem, na verdade eu não conheço, nem posso, os pensamentos dele, mas tento dizer mais ou menos o que os assessores dele dizem que ele gosta de ouvir...

— É assim mesmo, chefe... É assim mesmo!... Os que lhe dizem que deve falar à toa com o Chefe Grande, aproveitar para lhe transmitir alguns recados que os seus assessores não lhe dão, são falsos amigos... Só querem mesmo o mal do chefe...

Como se pode ver pela diferenciação gráfica utilizada, o feiticeiro referia-se ao homem do torcicolo. Este último — e tal como, segundo quero crer, os eventuais leitores — queria saber, evidentemente, o que fazer para que o mesmo desaparecesse e, assim, deixasse de incomodá-lo. Mas aguardava com reverencial paciência a revelação que, estava seguro, o feiticeiro do Dombe Grande lhe faria. Afinal, confiava nele em absoluto. Desde que, há muitos anos atrás, ele lhe aconselhou a nunca olhar de frente o Chefe Grande, quando estivesse com ele, a sua vida mudara radicalmente para melhor. O sucesso, que ele tanto ambicionava, chegou e nunca mais o abandonou. Primeiro, foi mandado estudar para a Alemanha, onde descobrira as virtudes da razão, da organização e da disciplina, coisas que, desde logo, o diferenciavam da maioria dos angolanos. Depois passou a ser chamado para dar pareceres sobre assuntos fulcrais da nação. Finalmente, a nomeação para o cargo que exercia há exatamente um ano, sete meses e vinte e oito dias (daí o título — "chefe", com minúscula — com que o feiticeiro se lhe dirigia). Este pareceu adivinhar os seus pensamentos, pois perguntou:

— *Alguma vez lhe deixei ficar mal, chefe?*

Não. A resposta era "não".

O feiticeiro do Dombe Grande olhou-o mais uma vez com firmeza. Tossiu ligeiramente, para aclarar a voz. Mediu as palavras:

— *Esse problema que o chefe tem no pescoço não é problema! É um falso problema...*

Apesar do aparente absurdo da sentença, o homem do torcicolo sabia que não devia interromper.

— *Aliás, é um preço!* — continuou o feiticeiro. *Um preço pelo êxito, pelo sucesso... Um preço por tudo o que o chefe conseguiu na vida e vai continuar a conseguir...*

O homem do torcicolo pensou na Alemanha, no cargo que tinha, na casa de luxo, na frota de carros, nos fatos de três peças (calça, casaco e colete), na mulher que o tratava como um príncipe bantu, o que não o desmerecia diante dos outros príncipes. Estaria a perceber bem?

— *Como conseguir alguma coisa na vida sem sacrifício?* — perguntou o feiticeiro do Dombe Grande. O homem do torcicolo pensou que aquelas palavras eram dele, mas não se importou. — *Chefe, na verdade essa dor nunca vai passar, mas, se deixar de pensar nela, vai deixar de doer... No dia em que essa dor desaparecer, a sua sorte vai acabar!... O Chefe*

Grande vai lhe dispensar, a sua mulher vai lhe abandonar, os seus amigos do bairro onde o chefe cresceu e por quem o chefe agora passa sem cumprimentar vão aparecer só para lhe atirar pedras... — explicou o feiticeiro.

Aquelas palavras esclareceram-no e reconfortaram-no. Sentiu-se aliviado. Assim, se aquele torcicolo era o sacrifício que lhe era exigido para continuar a ter sucesso, então estava decidido a conviver com ele até ao fim.

Como o feiticeiro lhe acabara de dizer, agora que não pensava mais nele, deixara de sentir dores ou quaisquer outros sentimentos similares, como angústias, remorsos ou perplexidades. Podia garantir, mesmo, que começava a sentir prazer não só na base do pescoço, mas em todas as outras regiões do seu corpo afetadas há precisamente um mês e um dia pelo torcicolo. Quis, por isso, levantar o rosto e agradecer-lhe, quando outro fato insólito aconteceu: constatou que não era capaz de levantar completamente o rosto, para retribuir o olhar firme do feiticeiro.

Juro mesmo: não fui eu que resolvi estragar o final feliz que o homem do torcicolo já se preparava para festejar; este acontecimento intrometeu-se no relato sem pedir licença a ninguém. Agora, e além de não poder virar o pescoço, aquele também não conseguia levantar o rosto.

Estaria ele condenado a andar sempre de cara baixa, como os porcos?, interrogou-se.

Não sei. Eu até já estava a começar a simpatizar com ele, mas, como se diz, a vida tem dessas coisas. A literatura também.

O ANGOLANO QUE NÃO GOSTAVA DO VERBO MALHAR

99

Esta é daquelas estórias que, se não tiver acontecido, terá de ser inventada. Por isso, tenho de contá-la. A maka é que não sei como. Quero desesperadamente fazê-lo, mas uma série de bloqueios inexplicáveis e sombrios manieta-me a imaginação e o verbo. Talvez seja por causa dos protofascismos que grassam e se multiplicam por todo o lado. Vivemos tempos ambíguos, em que pequenos gestos e autopermissões são raivosamente criminalizados (por exemplo, fumar na rua está em vias de provocar manifestações de repúdio sinceras e violentas, elogiar uma mulher ou um homem, mesmo conhecidos, é considerado um crime lesa-humanidade e comer carne de vaca será brevemente considerado o décimo primeiro pecado mortal). Em nome da necessidade — real e legítima — de combater e punir os excessos, os abusos e os crimes, o bom senso e a razoabilidade são questionados e perseguidos pelos cérebros bem pensantes, que, como no aforisma chinês, esticam o dedo indicador em direção ao céu e levam as massas neorrevolucionárias, alegadamente liberais e democráticas, a acreditar que o referido dedo é uma escada para a pureza, a justiça, a ordem e a felicidade, quando pode simplesmente — perdoai-me a crueza — estar a mandá-las "pró caralho". Até o humor e a ironia são olhados com suspeição e, muitas vezes, colocados de quarentena. Ser escritor em tempos assim, quando os campos se misturam de tal maneira que se torna árduo, embora não impossível, identificá-los, implica estar à mercê de flechas envenenadas provenientes de todas as direções. Acontece que é precisamente nesses tempos que urge fazer da literatura uma espécie de tambor. Como se sabe, quanto mais se bate num tambor, mais altos se fazem ouvir os seus cantos, os seus lamentos e os seus incitamentos.

Arrisco-me, pois, alegre e irresponsavelmente, a contar a estória do angolano que não gostava do verbo brasileiro "malhar". Este último, como saberão alguns leitores, mesmo que inimigos ferozes do acordo ortográfico da língua portuguesa, significa "fazer exercícios físicos", "fazer ginástica" e outras atividades semelhantes. Não conheço a sua origem etimológica e também eu estranhei da primeira vez que lhe dei encontro (expressão que só nós, angolanos, usamos e que me apresso a introduzir neste relato, antes que algum patrulheiro linguístico me acuse de falta de nacionalismo; de quando em vez, levantam-se na imprensa local umas ondas contra a suposta influência das novelas brasileiras na linguagem dos angolanos e eu não quero ser confundido com isso). Por uma dessas contradições em que a vida é prenhe, contudo, Américo V. A. (é assim que se chama o angolano que não gosta do verbo "malhar", no sentido brasileiro; tenho de identificá-lo logo, pois ele pertence a uma família importante) não descortinava nada de estranho, no início, no verbo em causa. Assim, utilizava-o livre e descomplexadamente e até com alguma frequência, pois também ele se preocupava com a sua saúde e bem-estar e sabia perfeitamente que fazer exercícios regulares contribui para esse objetivo, que todos deveriam procurar alcançar. A comprová-lo, Américo V. A. malhava todos os dias, exceto aos fins de semana, numa academia perto de casa. A exceção dos fins de semana justificava-se por uma razão simples: como angolano de gema, não prescindia de uma boa funjada, acompanhada de um feijão de óleo de palma, aos sábados, assim como de um bom muzonguê aos domingos, seguido de umas lagostas, gambas grelhadas, caldeirada de cabrito ou mesmo um cozido à portuguesa com todos, tudo isso regado com um bom vinho do Alentejo. Ele fazia parte de uma família angolana importante, logo, tinha uma tradição a preservar.

O que têm o cozido à portuguesa e os vinhos do Alentejo a ver com as tradições angolanas, ousais vós perguntar? Não me arranjem makas desnecessárias, por favor. Explico esse mistério escabroso numa outra altura.

Américo V. A. (ele não gostava de ser chamado apenas pelo primeiro nome) ia muitas vezes ao Brasil. Começou por lá ir convidado por uma multinacional brasileira que operava em Angola e, desde então, nunca mais deixou de voltar. Chegava a ir três a quatro vezes por ano: nunca faltava nem na Passagem de Ano nem no Carnaval, o que não tem nada de original, mas, além disso, procurava ir também em outras alturas. Sempre que não tinha motivos para isso, inventava um pretexto qualquer. Para dizer a verdade, ele apaixonou-se pelo Brasil desde o primeiro dia. Isso também não tem nada de original, pois até um escritor famoso e um político da oposição que eu conheço juram que são descendentes de famílias brasileiras, mas tenho de dizê-lo para, digamos assim, arredondar a estória.

É que — antecipo — a sua relação afetiva com o Brasil sofrerá uma evolução que, por enquanto, eu ainda ignoro, mas cuja causa posso reiterar: o verbo "malhar".

A princípio, e como já disse, esse verbo não lhe provocava quaisquer engulhos. Ele também gostava de malhar, isto é, de fazer exercícios para manter a boa forma. Sempre que fosse ao Brasil, a primeira informação que pedia na recepção do hotel era em que piso ficava o ginásio, uma vez que tinha de manter a rotina de malhar de segunda a sexta-feira. Aos sábados e domingos, substituía o funje e o cozido à portuguesa, respectivamente, pela feijoada brasileira e pelo rodízio. Às vezes, aos domingos, trocava a churrascaria por um restaurante baiano, onde se deliciava com uma boa moqueca, normalmente de frutos do mar. Do que ele sentia mais falta, aos fins de semana, era de um vinho alentejano, mas, pensando bem, uns chopes (epá: uns finos...), após duas caipirinhas de entrada, também resolviam o problema, se é que havia algum.

Lembra-se, como se fosse hoje, da primeira vez em que foi ao Brasil e o funcionário da recepção do hotel onde a companhia o hospedou lhe perguntou, depois de explicar onde ficava o ginásio:

— O doutor também gosta de malhar? Pois faz muito bem... Precisa ficar sarado para essas gatinhas aí...

Aquele excesso de informalidade incomodou-o um pouco — ou não fosse ele de uma família tradicional angolana (elas não gostam que se diga isso, mas o fato é que herdaram muitos tiques lusitanos). No entanto, conseguiu sorrir.

Todas aquelas palavras eram novas para ele: "malhar", "sarado", "gatinhas". Apesar disso, Américo V. A. registrou-as como se sempre as tivesse escutado. Mais do que registrar, acolheu-as, como se fizessem parte do seu DNA linguístico. E, na realidade, faziam-no, como ele sabia perfeitamente.

Aqui, tenho de fazer um parêntese para avisar os leitores que, porventura, estejam tentados a ter de Américo V. A. uma visão estereotipada, talvez devido a alguma imprudência que o narrador tenha deixado escapar, que ele irá surpreender-nos a todos até ao fim deste relato. De qualquer modo, terão de aguardar pelo fim da estória para sabê-lo em todos os detalhes.

O que posso dizer, para já, é que ele não era nenhum bronco. Além disso, era licenciado em Filologia pela Faculdade de Letras de Lisboa. Também continuava a dar a devida importância às lições da História, mesmo correndo o risco de ir contra a corrente dos tempos atuais, caracterizados, como se sabe, pela instantaneidade e pela fugacidade, o que explica o profundo desprezo pelo tempo — sobretudo o tempo para pensar — manifestado a cada minuto pelas gerações mais jovens. Ele sabia, por isso, que as palavras viajam, intercambiam-se, alteram-se, morrem, renascem, inventam-se, dispensam-se, reivindicam-se, confrontam-se e, sobretudo, quando o seu uso tem um peso irrefutável, impõem-se por si mesmas. Por outro lado, no caso peculiar do relacionamento entre angolanos e brasileiros, sabia — porque o estudara — que aqueles tinham levado para o Brasil centenas e centenas de palavras criadas pelas suas línguas originais, as quais, pela sua irrevogável necessidade, se introduziram na língua ali falada, tornando-se seus elementos constitutivos até hoje, tais como, apenas para dar alguns exemplos, carimbo, cafuné, quizomba, quitanda e tantas outras. Américo V. A. lembrou-se, a propósito, de um certo escritor angolano que um dia, numa conferência na respeitável Universidade de Coimbra, escandalizou a plateia:

— *A mais famosa palavra brasileira, "bunda", pois claro, é angolana. Vem do Kimbundu "mbunda" e refere-se exatamente à mesma peça anatômica, tão cantada pelos próprios brasileiros e cobiçada pelos estrangeiros que visitam o respectivo país.*

Descontado o exagero, portanto, não via nenhum problema, séculos depois, em usar, embora fosse um angolano de gema, palavras — novas ou velhas — introduzidas em Angola pelas novelas brasileiras e outras formas de contato de que ele — não resisto em deixar escapar essa inconfidência, pois ela está relacionada com o que irá acontecer a Américo V. A. no fim da estória — se tinha tornado um profundo conhecedor, após as suas constantes visitas ao Brasil. Sim, ele pertencia também a uma importante família tradicional, mas isso não significava que fosse um tradicionalista, um desses bantus empedernidos e atrasados, que acreditam, ou melhor, que defendem (*"Ou acreditam mesmo? Isso seria o fim da picada..."*, perguntou-se, recorrendo, sem se dar conta, a uma expressão castiçamente brasileira) uma África que já não existe mais.

O verbo "malhar", por conseguinte, nunca lhe causou, durante muito tempo, quaisquer problemas, arrepios ou pruridos.

Apenas uma vez, ele precisou de esclarecer rapidamente um mal-entendido que estava a gerar-se na cabeça da mulher, a propósito do referido verbo. Era um sábado e eles tinham recebido em casa um grupo de amigos. Américo V.A. tinha regressado há pouco do Brasil e estava a contar que, durante a sua estadia de duas semanas naquele país, nunca tinha deixado de malhar de segunda a sexta-feira. Só aos fins de semana é que não o fazia, pois ninguém é de ferro. A mulher dele, que tinha ido buscar mais uns cacussos ao grelhador no fundo do quintal, ouviu somente as expressões "malhar" e "ninguém é de ferro". Quase que deu um pulo, arriscando-se a deixar cair um dos peixes, e apressou o passo até à mesa; os olhos, grandes e vivos, estavam mais abertos, as faces começavam a ficar vermelhas e a boca queria visivelmente despejar uma catadupa descontrolada de palavras, qual delas a mais verrinosa. Felizmente, Américo V. A. apercebeu-se do que estava prestes a suceder. Sem dá-lo a entender aos amigos, dirigiu-se gentilmente à mulher, que já estava diante dele, com o grelhador onde fumegavam uns quantos cacussos a tremer-lhe na mão:

— *Querida, sabes que, no Brasil, "malhar" é fazer ginástica? Estranhos, aqueles tipos... Bem, pelo menos eles não usam essa palavra no execrável sentido que a maioria dos angolanos, não sei por que, lhe dá... A nossa malta, mesmo, é muito boçal!...*

A mulher ficou sem saber o que fazer com o grelhador. Despejou a sua raiva na empregada:

— *Marcelina! A travessa para pôr os cacussos demora muito? Vem do Brasil ou quê?!...*

Não sei por que a mulher de Américo V. A. fez essa referência, pois, na verdade, ela não conhecia o Brasil. Como angolano de gema, ele nunca a levara nem pensava fazê-lo. "É como levar bananas para a Madeira!", argumentava ele, quando alguém queria saber por que nunca levava a mulher nas suas viagens ao país do Pelé e do Joãozinho Trinta. Eu poderia dizer, claro está, o país de Machado de Assis, Graciliano Ramos, Jorge de Lima, Manuel Bandeira, Jorge Amado, Clarisse Lispector, Ferreira Goulart, João Ubaldo,

João Cabral de Mello Neto ou Dalton Trevisan; ou, então, o país de Vila Lobos, Pixinguinha, Noel Rosa, Cartola, Vinícius de Moraes, Tom Jobim, Chico Buarque, Caetano Veloso, Gilberto Gil ou Martinho da Vila; ou ainda o país de André Rebouças, Oscar Niemeyer, Gustavo Capanema, Nilze da Silveira, Oswaldo Cruz, Joaquim Cardozo, Ivo Pitangui, Santos Dumont, Darcy Ribeiro e Milton Santos — para dar apenas alguns exemplos altamente limitados, pois não quero desmoralizar ninguém. Acontece, porém, que a malta só quer saber de futebol e Carnaval.

E quanto a Américo V. A.? Como é que o descendente de uma família tradicional e, além disso, conhecedor de prestigiadas disciplinas científicas, tais como Filologia e História, não hesitava em recorrer a uma metáfora de baixo calibre, afirmando que viajar com a própria mulher para o Brasil seria o mesmo que levar bananas para a ilha portuguesa da Madeira, onde, como os leitores por certo já concluíram, o fruto em questão prolifera, em todas as suas versões em matéria de cores, tamanhos e sabores? Pelo menos, como angolano genuíno, poderia substituir a referência à ilha da Madeira pelo vale do Cavaco, em Benguela, onde tal fruto também abunda...

Tenho vontade, por tudo isso, de puni-lo exemplarmente, mas um espírito qualquer alerta-me a tempo que os seres humanos são assim mesmo: ambíguos, contraditórios e paradoxais. É para tentar ocultá-lo dos patrulheiros de todo o tipo que se tornam muitas vezes dissimulados. Aproveito, aqui, para afirmar sem qualquer receio: a dissimulação deve ser urgentemente considerada um direito humano fundamental. Com efeito, somos intimados, nos tempos atuais, a promover uma transparência absoluta e obscena, mas é preciso resistir a esse totalitário canto de sereia.

Assim, e em nome dessa nova bandeira, confesso que serei condescendente com a completa transfiguração que Américo V. A. sofria assim que pisava os pés em solo brasileiro. Não chegava, é certo, ao exagero do beijo papal, mas, mal chegava ao hotel e depois de saber junto da recepção onde era o ginásio, para começar a malhar no dia seguinte, subia ao quarto, tirava o fato com que viajara, punhas uns calções, uma camiseta e uns chinelos e ia a umas termas em Copacabana. Afinal, e como ele gostava de dizer, ninguém é de ferro.

A ida às termas era como uma espécie de batismo, que Américo V. A. repetia a cada chegada ao Rio de Janeiro. Servia para ele tomar balanço para as duas semanas de farra que se seguiriam. Após tantas estadas, já tinha umas "posições fixas", como também gostava de dizer aos amigos, isto é, duas ou três namoradas, com quem mantinha contato a partir de Luanda e com quem saía regularmente sempre que estava na Cidade Maravilhosa. A uma ou outra, dava de vez em quando alguma ajuda, quando disso necessitavam.

— *É preciso manter o fogo da panela em lume brando...* — pensava. Trata-se de outra expressão de relativo mau gosto, mas eu continuo condescendente.

Além disso, Américo V. A. estava sempre atento, digamos assim, a novas oportunidades para estabelecer contatos diferenciados (espero que entendam o sentido dessa expressão...). É que, naquele país e em especial naquela cidade, ele sentia-se verdadeiramente livre de qualquer patrulhamento, físico, moral, ideológico ou qualquer outro, mais concreto ou mais difuso.

Nas duas semanas em que permanecia no Rio, em suma, Américo V. A. malhava à vontade, quer no ginásio, todas as manhãs, quer fora dele, no resto do dia. Os leitores iniciados percebem o que eu quero dizer; quanto, hipoteticamente, aos demais, será que, ao fim de tantas páginas, ainda preciso de lhes explicar o que significa esse verbo no português de Angola?

De todo o modo, caros leitores, isso é tudo o que posso revelar acerca das frequentes estadias de Américo V. A. no Brasil. Se estavam à espera que eu contasse mesmo as suas escaldantes aventuras sexuais naquele país, ou não me conhecem bem ou são incapazes de avaliar a insidiosa eficácia dos atuais protofascismos, travestidos de neomoralismos.

O que posso acrescentar é que tudo lhe correu sempre bem naquelas viagens ao Brasil. Os regressos também sempre foram cordiais e amenos.

— *Então, amor? Como foi a viagem? Não deixaste de malhar todos os dias, pois não?* — queria a mulher dele saber, sem insinuações sub-reptícias, sempre que ele regressasse a Luanda.

Um dia, tudo acabou. Américo V. A. chegou à casa, depois de mais uma viagem ao Brasil, como se tivesse vindo diretamente dos campos de batalha da Líbia, da Síria ou do Yémen. Despenteado, a barba por fazer, sem um dos seus habituais fatos Armani, vestia umas calças jeans meio ruças e uma camisa de mangas curtas com motivos alegadamente tropicais que a mulher não conhecia. Nos pés, uns chinelos desqualificados. O mais intrigante é que não trazia nenhuma das malas que levara para a viagem. A mulher assustou-se.

— *Américo!... O que é que aconteceu? Que estado é esse? Foste assaltado à saída do aeroporto? O motorista não te foi buscar?* — As perguntas que fazia quase que se atropelavam umas às outras.

O marido acabou de entrar, sem cumprimentá-la, e subiu imediatamente, fechando-se na casa de banho. Parecia chorar. A mulher ouviu o chuveiro. O som das águas batendo no chão do polibã continha, pelo menos aos seus ouvidos, uma fúria cuja possibilidade ela jamais imaginara.

Américo V. A. esteve uma hora na casa de banho, debaixo do chuveiro, como se quisesse livrar-se de todos os seus pecados. A mulher jurava que ele chorava, mas achou preferível esperar que ele saísse, para lhe fazer todas as perguntas que tinha de fazer, mas, no entanto, ainda estava a elaborar.

Quando, uma hora depois, o marido saiu da casa de banho, envergando um dos roupões que deixara em casa, antes da viagem, estava estranhamente tranquilo. Mais do que isso: apaziguado. Parecia um anjo redimido. De fato, olhou-a com tal serenidade que ela teve um sobressalto inexplicável. Antes que tivesse tempo de lhe dirigir a primeira pergunta, Américo V. A. disse-lhe o seguinte, como se, na realidade, quisesse dizer-lhe outra coisa, radicalmente diferente:

— *Amor, nunca mais vou ao Brasil... Por outro lado, também nunca mais me ouvirás a usar a palavra "malhar", inventada pelos brasileiros... Acabou!... Quanto ao sentido inqualificável que a nossa malta dá a essa palavra, sabes bem que nunca gostei dessas falsas kimbundices...*

A mulher quis abrir a boca.

— *Acabou!...* — cortou ele, com doçura.

***

(O que terá sucedido a Américo V. A. na sua última viagem ao Brasil? Como acabei de contar, ele não o disse à própria mulher, logo, como podem os leitores pretender que o revele publicamente?

Isso apenas eu posso fazê-lo, mas tem de ser em segredo, dentro deste parêntese, por causa dos patrulheiros de todos os tipos.

Tudo aconteceu por causa de uma brasileira deslumbrante que conheceu num bar em Copacabana e por quem ficou literalmente extasiado, a ponto de faltar a um encontro de negócios, para levá-la a um hotel próximo, onde iria, finalmente, satisfazer a sua antiga fantasia, a saber, malhar uma mulata japonesa (espécime que só existe no Brasil, passe, neste caso, a vulgaridade do termo, mas também esta última é um direito humano legítimo). Até hoje, a lembrança dos seus planos, quando conheceu a nipo-mulata brasileira, dói-lhe irremediavelmente:

— *Hoje é que esta tipa vai saber o que significa o verbo "malhar"!...*

Ele devia saber que todos os planos têm consequências e que, muitas vezes, estas não correspondem às inicialmente esperadas. Entretanto, e como sua atenuante, devo mencionar que ele já tinha tomado umas caipirinhas a mais, pelo que não se lembra, inclusive, como conseguiu chegar ao hotel para onde levou a mulata ou, para ser mais preciso, foi levado por ela. Lá chegados, a mulher disse-lhe para se pôr à vontade e esperá-la na cama, enquanto ela tomava um banho e se punha "cheirosinha" para ele. Ao mesmo tempo, apagou as luzes, deixando apenas uma pequena penumbra no quarto, o que ele achou "romântico". O banho da mulher levou uns dez minutos. Quando retornou ao quarto, tinha um roupão a cobri-la. Sentou-se na cama, no lado oposto e de costas para ele, livrou-se do roupão e enfiou-se debaixo dos lençóis, colando as suas nádegas perfeitas ao corpo dele. Ele não pôde deixar de estremecer, quase em agonia. Estava desesperadamente ansioso (era assim que ele pensava quando aquela cena lamentável assaltava a sua memória, coisa que sucedia com muita frequência) por malhar aquela mulher, como é vulgar dizer no contexto semântico angolano, o que, aliás, ele preferia mil vezes a verbos burocráticos, como "comer", ou vetustos, como "papar". Sim, ia malhar aquela gaja sem dó nem piedade. Se ainda não o sabia, ela iria saber, finalmente, o que era malhar de verdade, como só os angolanos são capazes de fazer.

Ele já estava em ponto de bala. Aquelas nádegas frescas roçando no seu pau fizeram-no erguer-se imediatamente, pronto para o combate. Envolveu a mulher com os dois braços e começou a acariciar-lhe os seios, por trás, enquanto passeava a língua pelas suas costas e tentava fazê-la virar-se para ele, a fim de lhe tomar a boca. Ela oferecia uma discreta, mas eficaz, resistência a tais tentativas. Em contrapartida, empinava sedutoramente as nádegas, oferecendo-as, mas ele, que nunca tinha experimentado daquela forma, não leu corretamente os movimentos da mulher e não fez o que lhe estava a ser pedido, sem necessidade de palavras. Esta decidiu, por isso, esticar um dos braços para trás, a fim de empunhar o membro dele e encaminhá-lo com firmeza para o meio das suas nádegas cada vez mais erguidas e prontas a serem penetradas. Ele, decididamente, não estava a gostar daquilo. Afastou-se e, segurando com decisão a mulher pela cintura, fê-la virar-se completamente até ficar de barriga para o ar. Foi então que viu: a mulher tinha um pénis hirto e que apontava ameaçadoramente para o teto do quarto.

Fechado o necessário parêntese, deixo os fatos subsequentes à imaginação dos leitores. Se, como disse alguém, a boa literatura é risco, então que cada um assuma a sua parte.

UMA COMBINAÇÃO ESPÚRIA

115

Florinda era a terceira esposa de um ministro. As massas ignaras que lhe olhavam de soslaio quando se cruzavam com ela à saída de casa não gostavam dessa palavra: esposa. Os mais condescendentes usavam "mulher", vocábulo que, vá lá o escritor saber o porquê, consideravam mais neutro, para não dizer inofensivo, o que poderia ofender outros espíritos. O mundo está assim: todos contra todos. Portanto, adiante. Se, para os mais comedidos, Florinda era a terceira mulher do ministro em questão (estou a pensar se digo o nome do dito cujo ou não, pois alguns não gostam...) e não a esposa, como ela proclamava sempre que tinha oportunidade, os mais furiosos não tinham dúvidas: amante, puta, quitata, cadela, vaca e outros similares e corrosivos epítetos era o que Florinda Catchiungo era. Previsivelmente, ou talvez não, só o diziam nas costas dela. Quando lhe davam encontro na rua, diziam:

— Então, Mana Florinda, como tem passado? O Camarada Ministro está bem?

O título de "camarada" estava em irremediável desuso, por que raios as massas insistiam nele? Ela conhecia bem a psicologia das massas, pois só depois de começar a andar (coisas da dita lusofonia: os brasileiros dizem "ficar"; os tugas devem ter uma palavra sem graça qualquer...) com o ministro é que lograra sair (ou assim o pensava) do infernal e abjeto círculo vicioso da pobreza onde tinha nascido e que, certamente por isso, odiava com todas as suas forças. Daí que, depois de dar aos seus interlocutores ocasionais as respostas esperadas, pensava imediatamente:

— *Filhos da puta! Invejosos de merda! Pensam que eu não sei o que todos vocês me chamam nas minhas costas? Ah, mas vão ter de me aguentar...*

Para ser honesta, Florinda há muito que queria sair daquele bairro, para se esquecer completamente da miséria em que nascera e vivera até conhecer o ministro. O convívio com as massas enojava-a. Comedidas ou furiosas, as massas são inevitavelmente reles e vulgares. É fácil, pois, conhecê-las. Engana-se redondamente quem pensar que elas são imprevisíveis. Por exemplo, nenhum dos seus vizinhos conseguia, por mais que o tentasse, esconder o sujo e rômbico sentimento vulgarmente chamado ódio que passaram todos a alimentar em relação a ela quando a sua vida começou a mudar e ela passou a distinguir-se das massas que a rodeavam desde a infância.

Foi isso, exatamente, o que ela disse ao ministro pouco tempo depois de se ter convertido na sua terceira esposa, quando lhe pediu para arranjar-lhe uma casa na cidade, pois não suportava mais aquelas massas enviesadas que lhe passaram a olhar como uma autêntica matilha de mabecos esfomeados:

— *Não é preciso ser em Talatona, mor... Vila Alice, por exemplo, tá bom!... Já não me sinto à vontade aqui no bairro...* — disse languidamente Florinda Catchiungo, esparramada na cama, ao respectivo ministro, enquanto este se preparava para ir para a casa de alguma das outras suas duas esposas, a qual, infelizmente, não lhe foi possível apurar.

O ministro sequer respondeu. Não o fez, igualmente, em mais duas ou três ocasiões em que Florinda lhe reiterou o absurdo pedido. Até que, uma vez, agastado, deu uma de Camarada Ministro:

— *Chega!... Ainda não percebeste, Florinda?! A tua casa é aqui!... Quando nos conhecemos, fui claro, não fui? Nada de misturas!... Eu quero que continues aqui, para não termos surpresas, tipo encontros com pessoas que me conhecem, algum dos meus filhos, sei lá...*

E, sorriso cínico no rosto, acrescentou:

— *Ou queres que alguma das tuas rivais* (acentuou a última palavra com uma expressividade difícil de reproduzir, pelo que convido cada leitor, se o quiser, a tentar recriá-la à sua própria maneira, para captá-la na sua integridade peculiar) *te conheça?!*

Entretanto, como se acometido, inesperadamente, por algum lapso de consciência, apressou-se a explicar:

— *Não te preocupes, amor! Eu vou mandar fazer obras na tua casa, vai ficar um palácio, vais ver!... Vou mobilhá-la, apetrechá-la com tudo o que há de bom e de melhor... E, claro, também te vou dar um carro... Que marca queres? Um Lexus está bom?*

Não é preciso saber escrever roteiros para adivinhar: Florinda não pensou duas vezes. Como a musa do poema de Viriato da Cruz, disse que sim.

Na verdade, a vida dela mudou. Foi uma extraordinária metamorfose, reconhecia Florinda. A casa, por exemplo, como que ganhou vida. Praticamente refeita de alto a baixo, emergiu, depois de alguns meses em que paredes foram derrubadas a implacáveis marteladas, quartos ampliados, salas deslocadas de posição, como uma espécie de ícone arquitetônico daquela parte do bairro. Aproveitando o espaço disponível no quintal, o ministro mandou acrescentar um anexo completo, com quarto, sala, cozinha e casa de banho, onde praticamente desterrou a mãe de Florinda, com a qual esta sempre vivera, mas em relação a quem ele nutria um inexplicável e sombrio temor. Segundo apurei, a casa, na verdade, era propriedade da velha, mas isso é apenas um *fait-divers*, sem qualquer serventia para este relato.

— *Não quero ninguém dentro da casa principal!* — disse o ministro à sua terceira esposa. — *Este é o teu palácio! O nosso palácio! Apenas nosso, entendes?*

Procurando fazer jus à designação, o ministro mandou decorar a casa com todos os objetos possíveis, formatos diversos e brilhos conhecidos e imaginários, violentando todas as regras do bom gosto. Florinda teve um mau pressentimento, mas decidiu não ligar.

Acintosamente iluminada, no interior e no exterior, graças a dois geradores que funcionavam de modo alternado durante 24 horas, o conjunto contrastava com o resto do bairro, mergulhado desde a independência num breu absoluto e aviltante, mas que, tantos anos depois, fora devidamente normalizado e interiorizado pelas massas. O próprio roncar eterno dos geradores, incorporado na paisagem sonora do bairro de manhã à noite, sem qualquer pausa, era confundido, digamos assim, com legítimo exagero literário, com um improvável chilreio canoro cujas ondas sobrevoavam amorosamente o bairro miserável e triste onde aquele monumento pontificava como um autêntico insulto.

O que nem Florinda nem o ministro sabiam era como a nova casa passou a ser conhecida pelas massas circundantes: "O Palácio da Vaca".

Seja como for, a verdade é que, além de refúgio da espúria paixão entre Florinda Catchiungo e o ministro, o Palácio da Vaca tinha uma mais-valia (conceito reinventado pelos angolanos para significar qualidade, vantagem ou valência, termo que não me agrada particularmente, mas que insiste em introduzir-se no texto) adicional: servia de ponto de referência obrigatório àqueles que, por qualquer motivação resiliente e inexplicável pela narrativa dominante, tinham de penetrar naquele bairro esquecido, tentando cumprir determinados deveres insuportáveis, como polícias, carteiros, escrivães e funcionários de carros funerários em busca dos corpos dos *de cujus*, a fim de transportá-los para a sua última morada (por vezes, não há como escapar aos lugares-comuns). Como não havia toponímia e até o Google Maps desconseguia, o remédio era perguntar aos habitantes do local onde era o endereço procurado e tentar entender a explicação: podes seguir sempre direito, no fundo desta rua curvas na esquerda, vais encontrar o Palácio da Vaca, aí dobras na direita, contornas esse prédio mesmo, mas não totalmente, depois continuas...

Alheia a esses detalhes e as essas experiências, Florinda ainda não estava convencida que era mesmo melhor continuar a viver naquele bairro. Mas não queria contradizer o ministro, que, afinal, tinha cumprido a sua promessa: construíra-lhe um autêntico palácio, onde, no geral, ela se sentia bem. Sentir-se-ia melhor se a mãe vivesse dentro da casa principal, mas, enfim, o anexo não era distante, apenas uma pequena piscina, um alpendre para os almoços de fim de semana e uma churrasqueira o separava do edifício onde Florinda vivia.

Assim como a casa se metamorfoseou, a própria Florinda transformou-se completamente depois de conhecer o ministro e ter cedido ir para um hotel com ele, onde viveu experiências e cometeu feitos que deixo à imaginação dos leitores. Ela era uma daquelas mulatas do Huambo, ignoradas pelo imaginário nacional, que são muito diferentes das mulatas de Benguela, Luanda e até da Huíla, mas que possuem, para quem souber vê-las, uma beleza profunda, ligada amorosamente à terra, uma pedra de um tom castanho-azeviche em estado bruto, pronta a ser polida, para emergir com toda a sua luz, a sua força e a sua entrega. Foi o que fez, com bastante competência, o ministro.

Florinda Catchiungo, a terceira esposa do ministro cujo nome já decidi não revelar, pois os tempos estão estranhos em todo o mundo, era uma bela mulher. Por isso, o fato é que o ministro passava mais tempo no Palácio da Vaca do que nas residências das outras duas esposas que tinha ou, pelo menos, julgava ter, o que, admito, é outra conversa, que não é para aqui chamada (e, além do mais, questões de crença não se discutem). A comparação acabada de referir era, aliás, o grande trunfo com que Florinda contava para enfrentar o ódio das massas que lhe dirigiam aqueles olhares rancorosos sempre que ela passava pelas mesmas no belo e esplendoroso Lexus que o ministro lhe ofertara, proporcionando — no meio da poeira, do lixo e da miséria generalizadas que compunham o cenário do bairro onde, apesar dos seus receios inexplicáveis, continuava a residir, digamos assim, por imposição ministerial — um espetáculo grotesco e contraditório, que muitos utilizariam, por certo, para alimentar a atual e crescente demagogia universal, mas que eu me limito a assinalar de modo denotativo.

— *Olhem para mim, seus cabrões! Olhem bem!* — dizia ela, contudo, menos fleumática do que eu e no pleno uso das suas prerrogativas de personagem principal, o que, naturalmente, lhe confere o direito de escolher o tipo de linguagem que deve usar em tais circunstâncias. — *Têm raiva, não é? Então, vão-se foder!... A verdade é que o ministro passa mais tempo comigo do que com as outras vacas... E não é só isso!... Além deste carro e do palácio que construiu para mim, o ministro oferece-me férias sempre que eu quero, dá-me dólares para eu fazer compras livremente, sem limitações, enfim, trata-me como a sua verdadeira esposa, melhor, até, do que trata a primeira!...*

Tinha razão. Ela era feliz. O que poderia a literatura fazer contra ela?

A verdade é que tudo acabou muito depressa, como sucede, se não na literatura, pelo menos na vida.

Florinda Catchiungo fazia mais uma viagem a Paris, como o ministro a habituara desde que se tinha tornado a sua terceira esposa. As suas idas à Cidade Luz, como o esposo lhe tinha ensinado que a capital francesa era conhecida, também contavam a seu favor na contabilidade conjugal que mantinha com as suas duas rivais (recordou-se da palavra que o mesmo, ameaçadoramente, costumava usar contra ela). Na verdade, ela era a única que tinha viajado com ele para Paris, o que, inclusive, já acontecera várias vezes. Pelo menos era o que o ministro garantia e ela não tinha qualquer interesse em saber se isso era verdade ou mentira. Talvez fruto da natureza da sua relação com o ministro, Florinda, com o tempo, ficou autossuficiente.

Naquela viagem, ela ia sozinha. Já tinha passado a polícia de fronteira e encaminhou-se, naturalmente, para a fila de "nada a declarar" da *Douane* parisiense (perdoai-me o galicismo descarado, mas em França sê francês…), onde, para sua surpresa e irritação, foi mandada parar e acompanhada a uma sala à parte, "para uma revista minuciosa", como lhe explicou o agente. Apesar de surpreendida e irritada, estava tranquila, pois o agente era mais escuro do que ela, parecendo-se mesmo com um primo dela que era natural do Uíge e tinha a mania de dizer que não era angolano, mas bacongo. Por isso, atreveu-se a perguntar, sem esconder a irritação, por que razão tinha sido mandada para aquela sala, ao contrário de um monte de brancos que passaram antes dela e ninguém havia mandado parar. Fê-lo, arrogante ou inocentemente, em língua portuguesa — a única que dominava —, acompanhando-o de vários gestos mais ou menos universais.

O agente respondeu-lhe com um português carregado, mas quase tão perfeito como o dela, o que só demonstra que a Terra não é plana:

— *Madame, é o cheirrô da sua bagagem!…*

O quê?! Florinda Catchiungo hesitou em determinar o que mais a surpreendia: se ouvir um preto francês falar com ela em português ou ser brutalmente acusada de que a sua bagagem cheirava mal.

Como ela ia a Paris, tinha resolvido viajar totalmente equipada (expressão do ministro, não minha) com produtos Hermès que o esposo lhe tinha trazido da sua última ida à França, a qual, garantiu-lhe, tivera de fazer sozinho por ser uma viagem de trabalho. Assim, Florinda chegara à Cidade Luz com colar, brincos, echarpe, bracelete, cinto, bolsa, chinelos e até mala de viagem da famosa grife. Como se atrevia aquele cachico dos brancos suspeitar do odor do seu equipamento, perdão, da sua bagagem?

O agente era conhecedor do seu ofício e, pior para Florinda, sabia do que falava. Assim, começou por pedir-lhe, sem qualquer hesitação, que esvaziasse todo o conteúdo da bolsa da Hermès que ela levava com estilo no braço esquerdo.

Não é licença poética: a bela mulata do Huambo e terceira esposa de um ministro cujo nome não revelarei nem morto mudou de cor quatro ou cinco vezes no mesmo número de segundos.

— *C'est kikuanga* (pronuncia-se **kikuangá**, em francês), *n'est-ce-pas, Madame?* — perguntou o agente, segurando, sem lograr disfarçar um inexplicável esgar de nojo, um objeto até agora desconhecido da literatura universal: um rolo meio maleável de cerca de quinze centímetros e de conteúdo desconhecido, pois protegido por uma cobertura esverdeada, aparentemente de origem vegetal, e presa em três ou quatro pontos por fios *ad hoc*, um tanto ou quanto grotescos.

Tentarei, sem atrapalhar a estória de Florinda Catchiungo, esclarecer que enigmático objeto é esse, que virou a vida dela totalmente do avesso. *Kikuanga* é uma espécie de massa de mandioca semicozida, de textura flexível e que é servida em rolos de tamanho médio, os quais são cobertos por folhas de bananeira, presas por fios das referidas folhas de modo mais ou menos aleatório, mas firme e eficiente. Quanto ao sabor, pode ser considerado neutro, pelo que pode ser comida com qualquer coisa, como aperitivo ou acompanhamento. Evitarei, entretanto, adiantar mais quaisquer detalhes, pois este relato não faz parte de nenhum livro de receitas. O que nos interessa, no caso, é realçar o odor intenso da kikuanga, que nem a cobertura de folhas de bananeira consegue impedir de extravasar. Para resumir — e já que esta estória terá o seu epílogo na Cidade Luz —, direi que tal odor nada tem a ver com o dos afamados perfumes franceses, antes pelo contrário. Mas foi ele que — com perdão da má palavra — lixou totalmente a vida de Florinda Catchiungo.

Depois de, com ostensivo desprezo, lançar para o cesto do lixo os quatro rolos de kikuanga que a mulata do Huambo levava na gloriosa pasta da Hermès ofertada pelo esposo-ministro, o agente da Douane ordenou a Florinda que abrisse a *trolley* da mesma marca onde ela, supostamente, transportava as suas roupas e outros objetos pessoais. A terceira esposa do ministro começou a suar frio. De súbito, o mundo parecia fechar-se para ela, sem que o pudesse controlar. Florinda ficou cega, embora metaforicamente. Mas o efeito era o mesmo, pois a verdade é que deixou de ver o que se passava à sua volta. A única figura que via era a do ministro. Tinha vontade de matar aquele filho da puta. Sacana. Cabrão. Corno de merda.

— *Et voilà!* — exclamou o polícia francês, quando abriu a *trolley* e se deparou com o seu verdadeiro conteúdo. — *Et voilà!* — repetiu ele, para desespero de Florinda.

O esposo tinha-lhe dito que não haveria problemas. Ela tinha passaporte diplomático, portanto, não seria revistada, nem em Luanda nem em Paris. Ela deveria limitar-se a entregar os 500 mil euros que levava na *trolley* da Hermès ao Monsieur Pierre, o seu sócio francês em vários negócios (que, obviamente, ela desconhecia), pois o mesmo já sabia o que fazer com o dinheiro. Aliás, ele próprio estaria no aeroporto, à espera dela, a fim de levá-la ao hotel. Monsieur Pierre também já tinha indicações para apoiá-la no que fosse preciso, enquanto ela estivesse na Cidade Luz. Sim, poderia falar com ele em português, pois o mesmo entendia a língua de Camões. Na realidade, diga-se, Monsieur Pierre era um emigrante português em França, cujo nome era Pedro da Silva, mas isso Florinda também não precisava de saber.

— *Et voilà!* — tornou a exclamar, mais uma vez, aquele cachico dos brancos parecido com o primo dela Dongala e que não gostava do cheiro de kikuanga.

Na verdade, Florinda tinha deixado virtualmente de vê-lo. Também não viu os dois guardas que se aproximavam, a fim de levá-la, segundo o preto francês, "para os devidos procedimentos". Os seus pensamentos estavam concentrados no seu alegado esposo-ministro.

Sacana. Cabrão. Corno de merda.

Antes de ser colocada, com as mãos algemadas, no banco de trás do carro da polícia francesa, ainda teve tempo para uma amarga e surpreendente conclusão: kikuanga com Hermès é mesmo uma combinação espúria.

CONHEÇA OUTROS LIVROS

AS OITO HISTÓRIAS DESTE ACERTO DE CONTAS FORMAM UM LIVRO BASTANTE SEDUTOR.

Primeiro, elas atraem, oferecendo a aparente simplicidade da narrativa. Depois, cativam, com o sopro caloroso da pungente humanidade dos seus personagens, que, premidos pelas urgências, em um pequeno vilarejo ou na cidade de médio porte no interior de Minas Gerais, lidam tragicamente com a falta de sentido de quase tudo que experimentam. Não por acaso, a violência se torna a medida comum das relações entre eles, quase sempre extremadas pela escassez ou pelos excessos. Mas, de antemão, fique o leitor sabendo: esse inebriante canto de sereia cifra no fundo os seus abismos mais agudos.

AUTOR DUAS VEZES VENCEDOR DO PRÊMIO JABUTI

Por um Triz reúne textos escritos por Jorge Miguel Marinho. Seja ao comentar sobre o lugar que escolheu para chamar de seu, em *Pinheiros, um doce exílio*, ou ao falar sobre relacionamentos, interações e o zodíaco em *A parte mole do caranguejo*, este livro póstumo de Marinho nos faz refletir sofre a efemeridade da vida enquanto celebramos a obra desse grande escritor.

Todas as imagens são meramente ilustrativas.

Este livro foi impresso nas oficinas gráficas da Editora Vozes Ltda.,
Rua Frei Luís, 100 – Petrópolis, RJ.